TERRES
D'ENFANCE

ACE

éditeur

*Collection dirigée
par Dominique Balland
et Patrick Renaudot*

La loi du 11 mars 1957 n'autorisant, aux termes des alinéas 2 et 3 de l'article 41, d'une part, que les copies ou reproductions strictement réservées à l'usage privé du copiste et non destinées à une utilisation collective, et d'autre part, que les analyses et les courtes citations dans un but d'exemple et d'illustration, toute représentation ou reproduction intégrale ou partielle, faite sans le consentement de l'auteur ou de ses ayants droit ou ayants cause, est illicite (alinéa 1er de l'article 40). Cette représentation ou reproduction, par quelque procédé que ce soit, constituerait donc une contrefaçon sanctionnée par les articles 428 et suivants du Code Pénal. *Tous droits de reproduction, d'adaptation et de traduction réservés pour tous pays.*

© 1984, by Editions A.C.E., Paris
ISBN : 2-86664-017-9

TERRES
D'ENFANCE

L'enfance est-elle un paradis perdu ? C'est à cette question que se proposent de répondre les auteurs de la collection « Terres d'enfance ». A partir de leur région, de leur ville ou de leur quartier d'origine, ils déroulent ici le fil d'Ariane de leurs souvenirs et nous invitent à retrouver les émotions de cet âge.

« Terres d'enfance », c'est tout à la fois une géographie sentimentale et un album de famille dont les photographies se mettent à parler pour évoquer de manière impressionniste un monde de sensations, de goûts et d'odeurs, un univers singulier suspendu entre mémoire et imaginaire.

Du même auteur

Il y a, quelque part, une vie que l'enfant de ce livre aurait aimé vivre et il en a parcouru une autre. Tout aussi bien c'est dans un autre siècle, un Moyen Age de gibets, de bourdeaux et de monastères, ou pendant la grande Révolution, par les chemins creux de Vendée qu'il aurait choisi de mourir.

De même pour les livres. Parmi ceux que le hasard, le bonheur ou la nécessité m'ont amené à écrire, cet enfant là, par une autre nécessité, *intérieure* celle-ci, aurait sûrement écrit : *l'Oiseau* (mon premier roman aujourd'hui disparu), *Délit de Vagabondage*, *l'Histoire de France des Commerçants* (on comprendra pourquoi en lisant cet ouvrage) et surtout *le Maître de Hongrie*, celui de tous, mauvais, médiocres ou bons, qui lui ressemble le plus. Je les place donc ici en tête de *Châteaurenard mon soleil...*

Marcel Jullian.

Marcel
Jullian
Châteaurenard mon soleil
une enfance provençale
récit

Marcel Jullian est né en 1922 à Châteaurenard en Provence, dans une famille de paysans et de négociants.
Journaliste, éditeur, scénariste, adaptateur et dialoguiste de nombreux films, il a été de 1975 à 1978 Directeur Général d'Antenne 2. Auteur, entre autres, de Délit de Vagabondage *(1978) et de* Le maître de Hongrie *(1980).*

Mon village s'appelle 13.160.
Du moins pour le code postal.
Il possède un cours avec des platanes, une scierie, une arène, des expéditeurs de fruits et légumes et des petites rues, où, l'été venu, on aligne les chaises paillées devant les portes.

Nous avons tous, quelque part au fond de la gorge, le "plus me plaît" du cher du Bellay qui foulait aux pieds les splendeurs de Rome au nom de son petit Liré.

Écoliers laïques et obligatoires, nous avons sucé le lait de nos origines à travers un prêtre en mission de l'autre côté des Alpes et qui en éprouvait de tels "Regrets" qu'ils en sont devenus immortels.

C'est dire combien est doux au cœur de l'homme le nom de son village natal.
Et c'est pourquoi j'ai voulu donner pour titre à mes souvenirs d'enfance :
Châteaurenard, mon soleil !

Marcel Julian

PREMIÈRE PARTIE

Mon village natal

C'EST LÀ QUE JE SUIS NÉ.
Maudit soit l'ordinateur. Il m'a volé ma mémoire. Mis à part quelques érudits du code postal, je défie quiconque de me dire où se trouve mon village. Est-il perdu dans une brumeuse plaine du septentrion, ou bien ancré au bord d'une mer d'Iroise, ou encore blotti au creux d'un val de Loire occupé à poursuivre paisiblement l'Histoire de France ? On ne sait.

Une seule indication, et, encore, pour initiés : *Bouches-du-Rhône*. Le département au patronyme charnel. Le seul, sur les 95 — il y en a six de plus qu'à ma naissance — qu'on définisse par une partie du corps. Privilège exclusif du Rhône. Observez-le. On ne dit pas delta ou estuaire ou même embouchure, on dit *bouches*, au pluriel, les bouches par lesquelles Monseigneur le Rhône boit la Méditerranée métisse. La mer.

On ne la voit guère de Châteaurenard, on la sent. Il y a même, à la sortie du bourg, en direction d'Arles, un virage de la route, harmonieux et bordé de pins maritimes, qui n'a guère changé, et d'où, dans mon enfance, je me persuadais qu'il donnait sur un golfe bleu. A la vérité, c'étaient des oliveraies. Si l'on tient à *voir* la mer au lieu de l'imaginer, il faut grimper sur les collines voisines, alpilles ou montagnettes, émergences ou diminutifs, pour, par grand beau temps, et avec de très bons yeux, apercevoir, à l'horizon tremblant du sud, sa ligne argentée. Encore n'est-ce que l'étang de Berre, ce miroir où vient se refléter le pétrole, eau captive qui communique avec la mer par le Canal du Rove, à travers les collines de l'Estaque, cet étang dont Mistral a fait le symbole de l'espérance provençale :

Avançons toujours et nous verrons Berre !

Donc, mon village est de Provence, cette terre où, selon Alphonse Daudet, « les paysans sont des princes ». « Là où sont les morts », disait encore Léon, son fils, soulignant combien les ancêtres nous sont à la fois proches et présents. Bref, en Provence, c'est-à-dire dans « ce pays entre mer, Rhône et Durance, chantait Mistral, où il fait bon vivre, Dieu le sait ! ».

Pour être plus précis, Châteaurenard se trouve en Vendée provençale dont la capitale pourrait bien être Barbentane avec son château et son marquis maire de père en fils ou presque depuis la Révolution. Là, vers Saint-Rémy, Rognonas, Eyragues, Noves, Plan d'Orgon, étaient les blancs, les royaux, ceux qui, à la Contre-Terreur, se sont mués en vengeurs sanguinaires et ont taillé les sans-culottès en trois morceaux : *les trestaillons*. Plus tard, ce sont les mêmes, ou leurs fils ou leurs frères, qui ont fait, à Orgon, cette conduite de Grenoble au Corse vaincu et prisonnier, ce qui (me semble-t-il) manquait, à tout le moins, de hauteur.

Châteaurenard, pourquoi vous le celer davantage, se situe, selon la carte d'État-Major dite du Peron, à 2° 31′ 12″ de longitude Est et 43° 52′ 42″ de latitude Nord. Pour M. Expilly, ce serait 2° 30′ 40″ et 43° 53′ 12″. La différence n'est pas grande entre nos deux cartographes. Elle ne devrait pas vous empêcher de trouver mon village. D'autant que la superficie — elle aussi recueillie à des sources divergentes — atteint soit 3 215 soit 3 669 hectares dont « 245 en montagnes, îles et terres vierges ». Le reste, l'essentiel, est en vergers et jardins, bordés de cyprès ou de roseaux et traversés de petits canaux d'irrigation qui, à en croire toujours Alphonse Daudet, « rafraîchissent par l'oreille ».

Mais, trêve de plaisanterie : Châteaurenard dispose d'une singularité repérable à des lieues à la ronde, d'une caractéristique qui le distingue d'entre les bourgades environnantes : les deux tours rescapées de son château féodal.

Grâce à elles, mon village se voit de loin. Selon les caprices du ciel, on le découvre, parfois, de l'autoroute du sud, précisément lorsque, passé Avignon et roulant entre Alpilles et Lubéron, clarté et ténèbres, on porte ses regards de l'autre côté de la Durance. Alors, oui, on le voit ! On ne voit même que lui :

> « *Châteaurenard, avec ses tours*
> *Comme deux cornes au front !* »

s'est écrié Mistral dans *Nerto*, son long poème lyrique. Et d'évoquer le château, aujourd'hui détruit, sans portes ni créneaux, son clos de farigoule où le lézard vert, évaporé sitôt aperçu, a remplacé les dames du temps jadis, aujourd'hui disparues. Lointaine, l'époque où Châteaurenard se dressait, orgueilleux, accablé de soleil et dominant, de sa mâle prestance, les marais de Durance. C'était quand les papes régnaient...

Dans mon enfance, je dormais à l'ombre de ses deux tours, l'une comme intacte et la seconde, écorchée à la verticale, semblable à une cosse vide, les deux autres depuis longtemps rasées. Elles surplombaient presque à pic les allées où les platanes, blancs et verts, montaient une garde majestueuse. La maison de mon père, avec son hangar à primeurs, tournait le dos aux arènes et s'ouvrait sur la rue qui reliait, précisément, les allées à la route de Noves. C'est dire si nous avons vécu au pied du château féodal.

Sur notre place forte et notre monument historique nous avions été vite initiés, mes sœurs et moi. Pas forcément avec un grand souci d'exactitude architecturale mais plutôt dans le dessein de peupler nos cervelles enfantines de magie raisonnable et de mystère relatif. Ce sont là ingrédients coutumiers de parents désirant avoir des enfants obéissants. C'est ainsi qu'on nous laissa croire que, autrefois, le château dressait quatre tours semblables au faîte desquelles un immense renard de pierre posait ses quatre pattes monstrueuses. Comme ce devait être beau au coucher du soleil, à contre-jour, de voir la silhouette du fauve s'inscrire, en noir, sur le ciel couleur de kaki mûr ! A la vérité, le renard avait bien existé, mais seulement sur les armes du châtelain acquéreur de la forteresse, qui se nommait Eldebertus de Castro-Raynardus, avait la prétention d'illustrer son nom sur son blason et y avait inscrit et les tours et le goupil. Mais, ce qui, de loin, nous impressionnait le plus, mes sœurs et moi, et qui troublait nos mauvais sommeils succédant, le plus souvent, à des excès de dessert, c'était le souterrain.

D'abord, rien ne vaut le souterrain. C'est la panacée des comptines, et l'arme de dissuasion type des cauchemars. Ce souterrain, donc, partait de l'intérieur du château (les plus intrépides vous proposaient de vous y conduire), dégringolait la montagnette, se faufilait sous la Durance pour ressortir, en Avignon, dans la cour même du Palais des Papes. La Reine Jeanne l'aurait emprunté... Je l'ai si souvent parcouru en fiévreuse imagination que, si vous m'en priiez avec quelque insistance, je serais capable de vous le faire visiter. Acceptez-moi pour guide et je vous jure bien que vous y trouverez votre compte. Beaucoup plus, en tout cas, que dans les deux livres sérieux consacrés l'un à mon village, l'autre à son château féodal et dans lesquels les deux érudits, Messieurs Julien Jouffron et Jean Clamen, se gardent bien de seulement citer l'existence du souterrain. Plus : je vous mets au défi d'en trouver trace quelque part. Je vous le demande un peu : qui a déjà vu un donjon sans oubliettes ? Où a-t-on vu, ailleurs, un palais des papes distant de deux lieues d'une demeure seigneuriale ayant abrité une reine, sans qu'il y ait, sous terre, entre eux, un moyen, commode et sûr, de communiquer ? Même si je suis, à ce jour, le seul Châteaurenardais vivant à en affirmer la présence, même si nul, fors moi, n'est en mesure de vous dire où il commence et où il finit, je persiste dans ma certitude : il y a un souterrain au château.

Sinon comment expliqueriez-vous les innombrables cauchemars que nous avons eus, mes deux sœurs et moi ? D'où viendraient ces chauves-souris aux yeux mauves, ces bruits de source quand on passe sous la Durance, ces pas sépulcraux à l'approche de l'escalier de pierre qui monte vers le palais d'Avignon ? Demandez à toutes les frêles et pures jeunes filles de mes divagations enfantines si je ne les ai pas arrachées des griffes de dragons irascibles, qui sentaient la terre, l'engrais et l'humidité des cachots. Elles, si vous les rencontrez, vous parleront. Ce n'est pas à moi, à l'automne de ma vie, de me vanter des escapades héroïques de mes six ou sept ans ! Laissons là, voulez-vous ? Sur le souterrain du château, je n'ai rien d'autre à dire. Plus serait forfanterie.

*
* *

Si j'ai parlé tout de suite des tours, c'est qu'elles étaient réellement *présentes* dans le village. A de très rares exceptions près, on les voyait de partout. On disait *les tours,* non le château, tant celui-ci, depuis longtemps, était aussi démantelé dans les esprits que dans les faits. Les tours étaient lieu de promenades, motif de conversations et, sans nul doute, l'excursion favorite de nos songes. De vrai, elles étaient d'accès difficile. En tout cas, pour les petits d'hommes que nous étions. On ne nous accordait pas volontiers l'autorisation d'en faire le but de notre vagabondage dominical.

— Si vous voulez absolument vous promener dans la montagne, allez plutôt jusqu'à la Vierge, vous verrez de là toute la plaine.

La Vierge, dorée à pleine couche — elle l'est toujours —, était, à mes yeux d'enfant, ennuyeuse. Elle n'offrait, d'approche comme de résultat, que peu d'intérêt, mais le chemin qui y conduisait avait, sur l'escalade vers les tours, l'avantage de ne frôler aucun précipice. Et ceci expliquait cela.

Le précipice (c'était le mot employé) me semble

bien n'avoir été qu'une fondrière dans laquelle, à en croire les parents, des bêtes familières : chiens en fugue, chats miauleurs et animaux sauvages : belettes, lapins ou renards précisément, se seraient, par de certains soirs de lune, fracassés pour un faux pas.

Encore nous épargnait-on l'allusion à des enfants (des *boumians,* des gitans, des tziganes) qui y auraient trouvé la mort par imprudence. Moi, je *savais* qu'on y avait commis des crimes. C'est comme pour le souterrain de la Reine Jeanne. Quelque jour, je vous les raconterai.

« Monter aux Tours », c'était tout de même partir en expédition. Je n'avais pas encore appris par cœur *la chèvre de M. Seguin* mais, benjamin de la famille, *cagenis* comme on le dit en provençal, élevé dans les jupes de mes deux sœurs et sous la protection sourcilleuse de Jeanne, ma nourrice, je formais de couardes ambitions d'aller, moi aussi, seul et sans en rien dire à quiconque, passer une nuit, en haut, dans la montagne, là d'où on entend respirer chaque personne du village et d'où, avec un petit effort d'imagination, on peut toucher les étoiles de la main.

En bas, le village est dans les platanes. Il n'y dort jamais. Même au plus fort du soleil. Il abrite une race laborieuse. Je l'écris sans craindre le ridicule et pas le moindrement incommodé de faire l'éloge du travail humain. Ma génération a été élevée dans le culte de l'effort. Je ne nie pas la médiocrité des penseurs ou poètes, un peu primaires, qui s'en sont fait les chantres. Dès le plus jeune âge, les vers de Jean Aicard (l'homme de Maurin des Maures) :

> *« Que fais-tu là, boulanger ?*
> *Tu vois : je pétris la pâte*
> *Le monde a faim : je me hâte. »*

m'ont toujours fait franchement rigoler. N'importe. A Château, on travaille. De préférence à l'ombre, mais pour travailler au soleil, il faudrait vraiment le faire exprès. Même les plantes n'aiment pas ça. Et on les ramasse ou on les cueille à la fraîche.

Nous vivons des fruits et des légumes, très abondants dans nos vergers et nos jardins. Cette opulence, nous la devons à notre mère Durance, créature elle-même dodue, souvent capricieuse et plutôt cruelle de nature. C'est si vrai qu'un vieux dicton la met dans le même panier que le Mistral et le Parlement, et qualifie l'ensemble : « les trois fléaux de la Provence ».

Il n'empêche qu'on lui a élevé une statue, dorée façon vieillerie, juste devant l'ancienne halle aux toits rouillés. Elle se dresse, nue, avec des tétons en forme d'obus, échevelée, supportée par ses deux filles dont l'une incarne le commerce et l'autre l'industrie. Allégorie tapageuse de calendrier des postes que le cher Jean Aicard n'aurait pas désavouée. Donc, à Château, la Durance est chez elle.

Réglons, avant que d'aller plus loin, le sort des deux autres fléaux. Je mets à part le Parlement dont Sade, autre Provençal et fort particulier, a dit tout le mal nécessaire dans *Le Président Mystifié*, un conte fort divertissant. La phrase approximative court toujours dans ma mémoire : « Ces gens faisaient tomber les têtes comme une corneille abat des noix. » Il faut dire que le Parlement d'Aix avait décrété que le divin marquis aurait le col tranché et, ensuite, les cendres dispersées au vent. Ce sont des choses dont on se souvient. Venons-en donc au Mistral. Il est métayer du ciel et, après avoir courbé les arbres, glacé les maisons et emporté les toits, il rend, enfin, l'azur limpide. C'est un rude compagnon qui ne rechigne pas à la besogne, même s'il ne regarde pas toujours de près à la façon dont il l'accomplit. Bénissons-le ! La Durance à présent ! Nostradamus (j'emprunte encore au beau livre de MM. Julien Jouffron et Jean Clamen), dès 1614, la décrivait ainsi :

> « *Elle est naturellement brusque, rapide, violente, limoneuse, inconsciente, inapprivoisable et méchante.* »

Et il ajoutait :

> « *Inguéable presque partout. En tout temps dangereuse et d'un fil tant roide, dédaigneux et*

revêche que, sans la connaître, on ne saurait s'y hasarder. »

Comment expliquer que, trois cents ans plus tard (la statue à mamelles doit dater du début du siècle), les administrés d'une commune riveraine lui élèvent un monument de reconnaissance ? D'abord, il faut savoir que, sur dix kilomètres de son cours, la Durance est châteaurenardaise. C'est elle qui, d'est en ouest, nous sépare d'Avignon et trace la frontière nord du département des Bouches-du-Rhône avec, d'un côté le Comtat et, de l'autre, la Provence. Frontière plus profonde qu'il n'y paraît. A croire que toute une civilisation, une manière de vivre, un art de se distraire se sont immobilisés là, sur les rives de Durance. Pour ne prendre qu'un exemple, mais de taille, le *taureau,* Dieu noir et terrible, ne l'a jamais franchie. Aujourd'hui encore si vous habitez Cavaillon et désirez savoir s'il y a corrida à Arles, Nîmes ou Méjanes, il vous faut traverser le pont, gagner Plan d'Orgon, où vous trouverez l'édition « Bouches-du-Rhône » du *Provençal* ou du *Méridional* et le programme des arènes. En revanche, un Châteaurenardais ignore tout, dans son journal quotidien, des cinémas ou théâtres du Vaucluse, même de ceux d'Avignon, distante de neuf kilomètres.

La raison : entre eux, la Durance !

Le 26 septembre 1125, la cause était déjà entendue. Dans un acte de partage entre Raymond, comte de

Barcelone, et Alphonse, comte de Toulouse, il était reconnu que « la souveraineté du lit de la Durance appartient au Roi... ».

Mais ce lit, nous l'allons voir, était l'instabilité même, tantôt asséché et réduit, tantôt tumultueux, sauvage et envahissant.

Rognonas, commune à mi-chemin de Châteaurenard et d'Avignon, était alors port fluvial. Comme Noves. Et il arrivait à la Durance, dans ses débordements, avec le concours des marais environnants (les *paluds*) de « venir battre les remparts du château féodal » (dixit son guide actuel). Entre les Comtadins et les Provençaux, entre les sujets du Pape et ceux du Roi, d'incessantes querelles. On s'attaque nuitamment, on détruit les épis dressés par le voisin d'en face, le tout accompagné de « ravages et insultes très grands ».

Quoi qu'il en soit, les travaux, même menacés par l'adversaire, se poursuivent de part et d'autre du fleuve. Les crues les emportent. C'est le cas en 1342 où Rhône et Durance « joignent leurs eaux dans la ville d'Avignon », en 1362, en 1440, en 1554 où « Châteaurenard, Eyragues, Saint-Rémy et Avignon ne communiquaient que par bateaux », en 1548, année dite du grand désastre...

La liste est trop nombreuse, mais les anciens, du temps de mon père, se souvenaient encore, pour l'avoir entendu raconter par leur propre père, que le 3 novembre 1755, l'eau monta si fort et si continûment jusqu'à la mi-décembre qu'on crut qu'elle ne s'arrêterait jamais. Puis, alors qu'on pataugeait dans la boue de givre, il se mit à souffler, huit jours durant, un mistral « épouvantable » qui arrachait les arbres comme la main du jardinier le fait pour les mauvaises herbes. C'est dire si elle fut tumultueuse l'aventure d'amour entre les Châteaurenardais et la Durance. Résultat : elle fut féconde. Ces terres retournées, ces labours engloutis, ces vergers dévastés, ces nuits d'angoisse, ces matins désemparés ont, par brassage, convulsion, remise en cause et inlassable violence, remodelé les terrains encadrés de cyprès et de roseaux que l'on voit aujourd'hui du sommet des tours, avec les fumées bleues qui montent des mas. Ils commencent au bord de la Durance et viennent jusqu'à la grande esplanade de ciment du marché-gare.

Dans ma jeunesse, la déesse mère aux seins généreux avait échappé à ma curiosité. De statue dorée, je ne connaissais que la Vierge (plus brillante, plus jaune, il faut dire) au sommet de la colline. Les gosses de mon âge disaient volontiers, entre eux, avec un mauvais sourire, qu'elle était la seule vierge du village. Je riais avec eux, mais je ne comprenais pas. Peut-être qu'eux non plus d'ailleurs... Quelque chose me frappe en écrivant ces lignes. C'est l'importance bienfaisante du malheur. Il a fallu les longs romans fleuves anglo-saxons pour que l'esprit s'accoutumât à la lente germination qui fait les familles et leurs destinées. Les Américains d'aujourd'hui ne seraient pas ce qu'ils sont si leurs ancêtres, il y a peu, n'avaient pas dû, pour atteindre les terres riches du Pacifique, affronter les éléments et les Indiens et manger les cadavres de leurs propres enfants pour continuer à tracer la route.

A leur façon, nos aïeux, « si sages, si sages » à force d'en découdre avec le Mistral, le Parlement et la Durance, ont, aujourd'hui encore, sous leurs yeux, le plus grand marché d'Europe.

J'ai glané dans « Lou Cacho-Fio Mouvençau », un almanach du bel an de grâce 1903, quelques conseils d'un certain Jan di Escouto, qu'il avait intitulés « Dire d'un sage ». Il en comptait dix. Je vous en épargne six. Voici les quatre autres :

2 — Ne commande rien que tu ne sois pas capable de faire toi-même.
3 — Quand tu n'as pas gagné l'argent ne le dépense pas.
4 — N'achète pas bon marché ce dont tu n'as pas besoin.

8 — La peur vous fait souffrir des maux qui ne sont pas.

* * *

Le kaki, comme certaine madeleine

C'est à l'entrée de Châteaurenard, en venant de Noves on tourne dans la route de droite, on enjambe le canal et la voie de chemin de fer et, d'emblée, on entre dans les jardins. Ils sont là, alignés en face des remises d'expéditeurs, elles-mêmes rangées côte à côte, de l'autre côté de la nationale, avec, au beau milieu, le portail bleu délavé de ma nourrice, Jeanne Barroyer. Il me tire l'œil chaque fois que je passe en voiture. En cinquante ans, il n'a pas changé, ou bien est-ce ma vue et la peinture qui, ensemble, évoluent et demeurent complices.

Quand j'étais enfant, j'allais rarement dans les jardins et toujours accompagné. C'était loin, c'était « en campagne ». Aujourd'hui, pour les petits Châteaurenardais vite équipés de vélos ou de mobylettes et la bourgade s'étant agrandie, c'est tout près. La notion de *loin* et de *près* est une de celles qui datent le mieux les souvenirs. Châteaurenard s'étend entre le pied de la colline des tours et la route de Noves bordée du canal. Les jardins occupent les anciennes terres de marécages entre la route et la Durance. On y accède par plusieurs petites départementales dont celle que je viens de dire ; et par des rues, dans le village, dont celle du quartier Jentelin où logeait ma tante Claire, sur la maison patricienne de laquelle on a apposé une plaque à la mémoire de son mari Antoine, le félibre qui est mort d'avoir chu du pont du Gard. Là, sitôt passée la gare de marchandises, on prend un chemin vicinal sur la droite et les jardins vous accueillent.

Jamais jardins, sinon peut-être ceux de Perpignan, n'ont mieux mérité leur nom. Morcelés par les rangées de cyprès ou les hautes barrières des roseaux, ils sont cages à primeurs. On les entend bruisser du dehors, dès que le vent souffle. Et, si on y entre, c'est silence. Quand c'est un verger et qu'on est au plein de l'été, on savoure le vers de Valéry, abstrait dans un salon et dont tout le suc, soudain, gicle à la lumière :

>*Chaque atome de silence*
>*Est la chance*
>*D'un fruit mûr.*

C'est dans ce puzzle régulier et végétal que le canal donne toute sa mesure et s'offre parfois, tant son courant est rapide, des allures de torrent alpestre, fût-ce approximatif. A mon dernier voyage de mémoire, j'ai retrouvé le bief, enfoui dans de hautes herbes vertes et jaunes aux allures de rizières cambodgiennes. La haute plaque de métal rouillé, terminée à sa base en dents de scie, retient les détritus de toutes sortes qui viennent s'y effilocher. Je me suis arrêté. J'ai regardé l'eau. Elle était limpide et gaie sous le soleil froid de l'hiver. Il y traînait des lianes. Machinal, j'y cherchai le drac de Mistral qui hante le poème du Rhône. Les ruisseaux ont de la grâce. Ils sont les larmes de joie de la nature. Les dents du bief ! Elles viennent mordre à même l'eau. Combien de mes nuits je les ai entendues grincer. C'était mâchoire d'ogre.

Dépouilles de chats, chiens crevés, belettes mortes, branches torses, dessous de vase de nuit, et, parfois, un visage sans yeux, de décapité. Décidément, les parents sont bien coupables. Ce sont eux qui installent sur les étagères de l'inconscient des fantasmes ensuite remodelés à la dimension de l'imaginaire enfantin. Ainsi, dès l'âge prime, le convenu est-il placé au carrefour de l'intimité. On a peur de ce dont il convient d'avoir peur et qui rend sage. Voilà qui encourage à prendre son rang dans la cohorte des milliards de gens qui, désormais, se suivront, muets, aveugles, la main gauche sur l'épaule de celui qui les précède, à la manière des prisonniers que Charlemagne, l'empereur à la barbe fleurie, renvoyait chez eux après leur avoir fait couper la dextre qui avait tenu l'épée et crever les yeux.

Mais, revenons aux jardins. C'est là que j'ai découvert le verger de plaqueminiers. Ah ! les kakis ! A l'entrée de l'hiver, chaque année, ils faisaient leur apparition sur la cheminée de la cuisine, bien en ordre, côte à côte, telles des lanternes chinoises couleur d'ambre et de soleil fou. Leur odeur, au long des jours, tandis qu'ils blettissaient, se ridaient, se tassaient sur eux-mêmes, envahissait la pièce entière. C'était parfum d'Orient, exotisme, voyage lointain. On ne consomme le kaki que fort tard à la limite de son effondrement, lorsque la pulpe, assombrie, caramélisée, est devenue coulante. Je n'en étais guère friand mais l'odeur, elle, me faisait ouvrir la porte, courir jusqu'à Marseille et m'embarquer sur des cargos à épices.

Dans le verger c'était éblouissement. Le vrai jardin des Hespérides dont chaque kaki aurait été une pomme d'or. Il fallait cligner des yeux tant les fruits étaient nombreux et se disputaient âprement, dans leur immobilité, la lumière du soleil qui, les transperçant, les illuminait ensuite, de l'intérieur. On avançait, écartant les branches où mouraient les dernières feuilles à qui, semblait-il, était interdit l'honneur de participer à l'ultime incendie. Seuls, les kakis sur les bras dépouillés des arbres avaient droit d'éblouir. Un couple de Portugais avec leur fils ramassait les fruits mûrs dans des cagettes. Fort obligeamment, ils nous en offrirent une et nous invitèrent à la remplir.

Quand nous sommes repartis, l'odeur était là, dans la voiture. Comme dans la cuisine de mon enfance. Je savais enfin d'où nous venaient, naguère, ces kakis qui acceptaient, vaillamment, d'agoniser sur la cheminée et qui faisaient leur miel à en mourir...

Adam : ce n'est pas le premier venu...

J'étais adulte lorsque j'ai lu le mot de Sacha Guitry au sujet d'un avocat ou d'un commissaire-priseur qui s'appelait Adam et dont il disait :
— Ce n'est pas le premier venu...
Mon Adam à moi était le commis principal de mon père. A lui revenait la charge, un peu sacramentelle, du cheval, dont je crois bien qu'il répondait au nom de Bijou. C'est le cheval qui avait la tâche de traîner la charrette jusqu'à la gare de marchandises.
Certains jours, il accomplissait plusieurs voyages. Il me semblait immense. Il devait être haut car je dispose, sur sa taille, d'une précision indiscutable. Le soir, Adam, pour le rentrer à son écurie, m'installait souvent sur son dos. Et je me souviens de sa phrase immanquable :
— Attention à ta tête !
C'est à la sienne qu'Adam aurait dû prendre garde. En plus de son travail à la remise, Adam assurait les besognes d'entretien domestique de la maisonnée. Il tirait l'eau du puits, débouchait les éviers récalcitrants, réparait les roues voilées, se rendait, en tout, irremplaçable. Un matin que nous prenions notre petit déjeuner dans la cuisine, mes deux sœurs et

moi, on l'entendait dehors qui coupait des bûches. Les mêmes bruits ruraux depuis des siècles comme si le *Capitaine Fracasse, Sans famille* ou *Ivanhoé* faisaient partie intégrante de notre vie d'enfant. On trempait les tartines beurrées dans le café au lait. On se racontait des histoires. On pouffait à la maladresse de l'un ou de l'autre. C'est ainsi qu'on ne remarqua pas le silence subit d'Adam. Le bruit seul de la porte attira notre attention. Je crois bien que celle de mes deux sœurs qui le vit la première lâcha son pain et ouvrit des yeux de pendue. On se retourna : Adam avançait vers nous, la hache plantée au beau milieu du crâne. Il ne prononçait pas une parole. Il paraissait venir, tout droit, d'un monde très éloigné du nôtre. Il ne saignait pas. Ce qu'il avait de saisissant, c'était sa main gauche, doigt tendu, qui désignait l'instrument tranchant dans sa tête, comme si, dans sa propre épouvante, il voulait épargner la nôtre. Et il marchait vers nous, lentement, comme s'il craignait, au moindre mouvement malencontreux, de faire tomber la hache. Sans se consulter, on a repoussé nos chaises, planté là notre petit déjeuner et héroïquement, on a pris la fuite.

L'histoire, nous l'avons su quelques minutes plus tard tandis que le médecin arrivait pour prodiguer ses soins à l'infortuné. Après avoir constitué une provision de bûches suffisante, Adam avait entrepris de fendre du petit bois. Il tapait avec le petit côté de la hache, sur un pointeau effilé. Une fois, il prit trop d'élan et se planta le tranchant dans le crâne. Avec assez de force pour qu'il y demeure, et, par chance, trop peu pour qu'il y pénètre. De saisissement, il avait été frappé de mutisme. Quant à sa démarche d'automate, il la devait à sa terreur de voir la hache tomber et le sang jaillir brusquement sur son visage.

La honte est un sentiment très fort chez l'enfant. Jamais nous n'avons évoqué, mes sœurs et moi, devant lui, l'incident de la hache et notre lâcheté collective. Lui non plus. Mais nos relations, de ce moment-là, n'ont plus jamais été tout à fait les mêmes.

La maladie étrange de Zézette...

C'est ainsi qu'on appelait ma sœur aînée. Plus tard, elle opta pour Lili, petit nom d'amoureux que lui avait donné son fiancé. A dire vrai, son nom véritable était Élise et elle le détestait. De même, ma sœur cadette, Josette, était devenue Jojo, et moi — va savoir pourquoi ? — qui me nommait Marcel, c'était Sissi. Zézette, Jojo et Sissi, on voit le genre ! Le trio infernal, les enfants terribles, les sages comme des images, les deux filles dominatrices et moi, le plus jeune, le *cagenis,* celui qui fait encore au nid et qui cherche, vaille que vaille, à suivre les grandes. Donc Zézette était tombée malade. Ce n'était guère le genre de la maison où manquer l'école ou le travail était pécher. Et la langueur de Zézette, loin de se calmer, prenait, de jour en jour, plus d'importance. Et de mystère. Et de singularité. Si, au début, on en parlait librement, à table devant les enfants, depuis une semaine, c'était bouche cousue, mines soucieuses, messes basses, et le médecin, deux ou trois fois appelé, s'en repartait à présent avec des haussements d'épaules et l'air contrit. Zézette avait, de toute évidence, autre chose qu'une vraie maladie. Elle n'était pas atteinte d'une affection mais aux prises avec un mal, insidieux et pervers. Zézette, à des heures précises de la journée, avait des crises épouvantables dont le paroxysme culminait, chaque soir, à 19 heures. Là, c'était tout bonnement effrayant. Elle poussait un cri de bête, se révulsait, entrait dans une espèce de catalepsie violente qui plongeait la famille dans un état de désespoir et de chagrin indicibles.

Les calmants, les serviettes humides de fleur d'oranger, les images pieuses, bref, la panoplie tous azimuts des guérisons miraculeuses, rien n'y faisait. Bientôt, à la maison, les pires suppositions circulaient. On connaît la propension des braves gens à trouver à tout un bouc émissaire. Là il y en eut plusieurs. D'abord l'âge, Zézette devenait jeune fille et cela lui « mélangeait les sangs ». La sage-femme, appelée en renfort, et qui méritait bien son nom, fut formelle, la petite était réglée comme il fallait. On pensa au curé. Nous étions une famille chrétienne, mais de là à recevoir chez soi une soutane parce que l'aînée hurle à la lune... Bref, on fit appel au rebouteux. C'était un homme sale, hirsute et ronchon. Il se dérangeait à regret. Son attitude signifiait, le plus clairement possible, qu'il n'était pas dupe. D'ailleurs, il le disait :

— On me fait toujours venir trop tard.

Ce qui plongeait les familles dans l'affliction — pure méchanceté — et le remords — intérêts bien compris.

Le guérisseur examina Zézette. Longuement. Moi j'étais consigné dans la cuisine comme à chaque grand moment. J'attendais. Quand le rebouteux, toujours aussi peu loquace, s'en alla, il passa près de moi à me toucher. J'en tremble encore.

Le lendemain, mon père changea clandestinement l'heure à toutes les pendules. Il les avança d'une demi-heure. A ma mère, il confia :

— On verra bien si elle se mettra à hurler à sept heures du soir.

Et Zézette, à la consternation générale, Zézette qu'on occupait pour lui faire oublier le moment fatal, lorsque les pendules marquèrent 18 h 30, se leva sur son lit et poussa un feulement encore plus strident qu'à l'accoutumée.

Alors le lendemain, papa fit revenir le rebouteux. Là, ce fut carrément la messe noire. Pauvre Zézette !

On l'allongea sur ses draps, torse nu, et on attendit qu'il fut près de 19 heures. A 18 h 55, alors que l'infortunée en était encore à former son cri dans ses poumons, le guérisseur sortit un pigeon vivant de la cage qu'il avait apportée, le montra à Zézette, et l'ayant placé à cinquante centimètres au-dessus de sa poitrine, d'un maître couteau qu'il avait caché jusque-là, lui trancha la gorge et se mit à asperger ma pauvre sœur du sang de l'oiseau agonisant. Zézette en oublia de crier. L'horreur avait été la plus forte.

Soulagée, la famille se garda bien d'ébruiter le sanglant sacrifice consenti à la guérison de son aînée et il nous fut recommandé de tenir notre langue. Je crois bien que c'est ce que j'ai fait — du moins jusqu'à aujourd'hui.

La première T.S.F. de Château...

Ce fut une grande journée. Pour être tout à fait juste, ce furent trois ou quatre grandes journées, car l'installation réclama largement ce délai. Ancien lieutenant de hussards, mon père était épris de modernisme scientifique. L'époque voulait cela. Il y traînait encore des relents de l'aphorisme stupide du père Hugo :
Demain, Géo s'appellera Demos.
Tout cela à cause de l'Exposition Universelle, du manifeste de la Sainte-Hélice, des photographies de M. Tournachon, dit Nadar, et de quelques autres sublimes déraisons du même style. Bref, les *ondes*

occupaient le cerveau de papa. Nous, et moi surtout, le *cagenis,* on écoutait sans comprendre — ce qui était alors le rôle dévolu aux enfants. La T.S.F. était donc la transmission sans fil. Au risque de déconcerter les lecteurs d'aujourd'hui, je précise que l'essentiel, pour nous, premières pousses du siècle naissant, c'était le *sans fil.* Là, résidait le miraculeux. De même qu'un artiste du *Casino des Fleurs,* la salle huppée de Châteaurenard, qui se présentait en *chair et en os,* nous communiquait un sentiment d'irréalité. La transmission sans fil relevait du surnaturel le plus inimaginable : celui des hommes de science. Nous devions être dans les années 1926/1927, c'est-à-dire au moment de la traversée de l'Atlantique, tragiquement achevée, de Nungesser et Coli. Je l'ignorais à l'époque et rien, bien sûr, ne me laissait présager que je connaîtrais Roland, le neveu de Nungesser, et que j'écrirais un livre, mon premier, sur cette épopée aérienne. Quoi qu'il en soit, au moment où mon père se mettait en tête de monter une T.S.F. dans sa maison, Nungesser refusait d'en emporter une dans son avion afin de ne pas s'alourdir inutilement. On comprendra mieux la décision des deux pionniers de l'Atlantique Nord lorsqu'on m'aura fait la grâce de poursuivre mon récit.

D'abord il y a eu la livraison des colis. On les a entassés — je dis bien entassés — dans la cuisine, avec ordre exprès de n'y point toucher. C'était d'une insupportable violence émotionnelle. Le monde entier tenait dans des paquets muets dont on nous assurait, qu'une fois montés, ils parleraient dans toutes les langues du monde. Nous les entourions d'un respect révérentiel. Puis, dehors, papa enterra le fil de terre dans le jardin. Gestes de sorcier blanc aux prises avec les divinités naturelles. Puis, aidé d'Adam, il hissa l'antenne sur le toit de la remise. La T.S.F. était désormais arrimée au sol et au ciel. Restait à la faire parler. On attendait le dimanche et papa ouvrit les paquets. Nous avions les yeux des rats qui suivent Hans le joueur de flûte. D'entrée de jeu, on nous avait intimé l'ordre de nous taire, sinon c'était le lit.

On se mangeait les lèvres. Papa officiait. Je ne pense pas qu'il ait été particulièrement adroit de ses mains mais il était le maître, lui seul avait accès aux secrets du mode d'emploi ; et, de plus, il nous prétendait, sans y insister, qu'il savait tout. Donc on se taisait. C'était merveilleux.

Les quarts d'heure passaient. Il y avait des choses étranges alignées sur le buffet, d'autres disposées sur la table, les dernières accrochées au mur. Finalement, il y en avait partout. Et question d'être *sans fil,* on ne l'aurait pas cru. Des fils, il en partait de chaque accessoire pour aller à l'autre. Une araignée du genre arapède avait pris possession de la salle à manger. L'auteur de nos jours avait les rides « que l'alchimie imprime aux grands fronts studieux ». Ma mère, elle, plus pratique, s'inquiétait :

— Attention, Raymond, à ne pas t'électrocuter !

Impavide, glorieux, de moins en moins assuré, de plus en plus fébrile, pinces et tournevis aux doigts, le génial inventeur se livrait à sa coupable industrie. De sommeil, les yeux commençaient à nous piquer. Et on s'impatientait :

— Quand est-ce qu'on va entendre ?

Mis à part quelques borborygmes, un océan crépitant de parasites et un faisceau aigu de sifflements, on n'entendit *strictement rien.* Jusqu'au dimanche suivant où une voix, inaudible, se traîna jusqu'à nous. On ne saisissait pas les paroles, mais à la seule pensée que *quelqu'un* qu'on n'avait jamais vu, s'exprimait dans la salle à manger familiale, on mesurait la chance infinie qui était la nôtre. Les enfants de Bernard Palissy, les seuls auxquels, en fin de compte, nous pouvions nous comparer, devaient avoir connu des soirées du même genre, lorsque le paternel avait brûlé tout le mobilier pour faire sa pâte à modeler et fournir à sa femme le plus beau service de table en émaux qui ait jamais existé — puisque c'était le premier. La seule différence avec Palissy, c'était que notre maman à nous avait conservé sa table, même encombrée.

Comme l'audition était faible, papa sortit dans le jardin :

— C'est le fil de terre !

On nous envoya arroser dehors le panier à salades qui l'abritait, puis comme ça ne donnait rien, on nous dit d'aller nous coucher. Déçus et émerveillés à la fois. Nous n'avions rien entendu mais nous étions les seuls, à « Château », à avoir la T.S.F. ; qu'elle marche ou non, était finalement sans grande importance.

** *
**

Mon père, ce héros...

Il aimait à raconter des histoires. J'ai hérité, entre autres, cela de lui. Affaire de provençalisme sans nul doute. Et puis, manières de séducteur car je le soupçonne d'avoir été « pistachier », autant dire cavaleur dans sa jeunesse. Des phrases de lui me reviennent en mémoire. Il avait des expressions familières qui concernaient les femmes et les rapports qu'on entretient avec elles. Une fois, il avait parlé d'une demoiselle à laquelle il aurait « déclaré son pain d'un sou », le grand désir qu'elle lui inspirait si vous préférez. Une autre fois, narrant un voyage en train lorsqu'il était hussard, svelte et tout corseté de brandebourgs, il n'avait pas caché, devant nous, ses enfants, que la belle du compartiment avait eu pour lui de tels sourires que l'envie de « tremper son biscuit » lui était venue. Aujourd'hui encore, alors que mœurs et langages se sont si hardiment libérés, je demeure confondu par ce qui se disait à la tablée familiale voici quelque cinquante ans. On appelait les choses par leur nom ou, en tout cas, par des périphrases explicites.

Raconter c'est comme recevoir. On se doit de le faire bien. D'où tout un rituel, qui comporte ses préparatifs, son lever de rideau, son déroulement puis l'extinction des chandelles. Un Provençal qui raconte n'est pas en représentation : il est en politesse.

Chaque virtuose a ses prédilections. Celles de mon père avaient trait à la grande guerre. J'ai été frappé, beaucoup plus tard, par le fait qu'il semblait, comme la plupart des anciens combattants, quelque peu stupéfait de l'avoir faite et d'en être revenu.

Il mettait une certaine coquetterie à aborder le sujet. Du genre : « Ça n'intéressera personne. » On le poussait dans ses retranchements et il cédait. La représentation avait lieu, le plus souvent, en présence d'invités, et à la fin du repas, un peu cérémonieux, que cela impliquait. Comme on le sait, ces agapes ont — pour les enfants tenus d'y assister et guettant le dessert — la particularité d'être interminables. Nous, les petits, nous avions tendance, à la fin, à nous endormir un peu.

Papa avait été porte-fanion du général Carbillet. Il le disait, comme ça, mine de rien, entre deux virgules au début de son récit. Évidemment, cela ne valait pas Foch, Pétain, Joffre ou Gallieni dont on nous rebattait les oreilles, mais ça sonnait bien et le fait d'être, à cheval, un étendard vivant vous avait une certaine gueule. Cela valait au responsable d'assurer certaines missions de liaisons hasardeuses et à la limite de l'héroïsme. C'est ce qui ressortait du récit de ce soir-là.

Le lieutenant Jullian, sur sa monture alezane, était entré dans une forêt pétrifiée. Le site avait subi tant de marmitages que les arbres étaient exfoliés et toute verdure morte. Et cela depuis si longtemps que les oiseaux avaient disparu. Une forêt sans oiseau, affirmait mon père, est un lieu qui glace le cœur, un témoignage poignant de la folie des hommes.

Il y avançait avec précaution car l'ennemi était proche.

Dans le silence sidéral d'une nature assassinée, il entendit un bruit de voix — gutturale bien sûr. Il arrêta son cheval et sauta à terre...

Ma sœur Jojo, que le sommeil envahissait de façon visible, les deux coudes sur la table, le visage lourd d'envie de fermer les yeux, se forçait à écouter tant l'histoire était belle. Elle ne quittait pas des yeux le narrateur.

— J'attache ma jument... (au fait oui, c'était une jument avec laquelle papa avait disputé des courses en gentleman-rider)... au fût d'un arbre... Je tends l'oreille... Les voix sont là, voisines... Je tire mon pistolet de son étui...

Vous mesurez, j'espère, la qualité d'attention que valait au conteur le tragique de la situation.

— Je m'assieds au pied de l'arbre...

Là mon père ménagea un temps assez long. C'était, si j'ose dire, de bonne guerre. On aurait entendu voler un mercanti. Et c'est dans ce silence, semblable à celui de la forêt pétrifiée, que l'on eut la surprise d'entendre la voix de Jojo, trop prise et trop angoissée pour mesurer l'ampleur de son sacrilège...

— Et... s'apprêtait à poursuivre papa...

— Et tu mets ton petit cucul à l'abri, conclut ma sœur.

On ne sut jamais la fin de l'histoire. Peut-être y avait-il, dans les parages, quelques uhlans égarés ? Tant pis pour nous. On nous envoya coucher tous les trois. Je crois même que nous avons été privés de dessert.

Quand il ne s'agissait pas d'exploits militaires, mon père affectionnait les histoires du cru, campagnardes et nourries de bons sens un peu fruste. Et s'il pouvait y avoir, en plus, des fantômes... de *faux* fantômes bien entendu...

Imaginez une équipe de rugby de division d'honneur. Papa rêvait, pour Châteaurenard, de passer d'honneur en excellence ce que je percevais mal, l'honneur me paraissant, et de loin, ce qui se faisait de mieux. Un dimanche où l'équipe a gagné, s'ensuivent un banquet et une veillée copieusement arrosés. Et, vers minuit, les dirigeants couchés après les recommandations d'usage, les quinze copains se retrouvent, éméchés, moulus et ravis, dans la grande salle du restaurant. Deux d'entre eux décident de rentrer. Restent treize. Un chiffre fatidique.

Un autre déclare qu'il va pisser. Dans les villages,

à l'époque, c'est forcément loin, au fond d'une cour enténébrée. On lui annonce qu'on lève le camp, qu'on s'en revient, qu'on passera par le raccourci du cimetière... Et, sitôt le copain sorti, on se rue sur les draps qu'on a préparés avec la complicité de la patronne. On sait l'absent plein de vaillance sur un terrain mais très impressionné par l'au-delà. Comme il fanfaronne un peu trop pour deux essais marqués dans l'après-midi, on va lui jouer un tour. Il faut faire vite. Les douze courent comme des lapins jusqu'au champ des morts. Là, ils revêtent leur suaire et s'asseyent, côte à côte, sur le mur de clôture. De la route en bas, l'effet doit être saisissant. Et, se poussant du coude, gloussant, se rappelant l'un l'autre au silence, ils attendent. Le temps ne tarde pas à leur sembler long. Et petit à petit, dans le froid pinçant de la nuit, proximité funèbre aidant, ils croient entendre des bruits venant des tombes. C'est impressionnant tous ces morts ensevelis dans les ténèbres. L'un des douze, machinal, et sans doute pour se changer les idées, s'amuse à compter ses compagnons. Il a beau s'y reprendre à plusieurs fois, s'ajouter, faire le total, pas de doute, ils ne sont pas douze mais *treize*. Le chiffre fatal.

L'infortuné prend le bras de son voisin :

— Compte combien nous sommes.

Ébahi, le gars s'exécute. Il arrive, lui aussi, à *treize*.

— Treize !

— Eh ! quand nous sommes partis de l'auberge nous étions douze, rappelle-toi.

L'autre compte à nouveau. Pas de doute : treize. Il hasarde :

— A quoi tu penses ?

Et le premier, qui s'est mis à trembler :

— Qu'il y en a un *vrai*.

L'information circule tout au long de la rangée de fantômes, et, soudain, d'un coup, l'un puis l'autre, puis l'ensemble, de sauter du mur, de jeter son suaire, et de courir à toutes jambes sur la route sans regarder derrière lui.

Y compris le treizième, le camarade attardé, qui, lui aussi, avec la complicité de la patronne de l'auberge, a revêtu un drap-linceul, et, subrepticement, est venu, profitant de la nuit, s'asseoir auprès de ses équipiers. C'est même lui qui est à l'origine de l'idée de se compter.

*
* *

Rugby, quand tu nous tiens...

Tout expéditeur de fruits qu'il était, mon père s'intéressait au sport. A Châteaurenard, à son époque, le sport c'était le rugby. Pour le reste, on n'était pas loin de considérer que la tauromachie relevait de l'art et de la gymnastique mêlés, et la pétanque de la conversation en plein air. Les autres exercices physiques, on les ignorait. Le rugby semble avoir été inventé tout exprès — n'en déplaise aux Anglais — pour contenir et exalter le sang provençal. De commun avec la corrida formelle (usage exclusivement ibérique), il a le châtiment (ici les piques, là la mêlée), les coups d'étrivière (ici les banderilles, là les placages) et l'envolée lyrique (ici la *fanéa,* là la course à l'essai). Qui n'a pas assisté, comme moi, à la prime enfance, à un entraînement de rugby ne peut tout à fait comprendre. A l'âge le plus tendre et de complexion que l'on croyait délicate, j'étais parfois traîné par l'auteur de mes jours jusqu'au stade. Pas pour les matches où, dans la cohue, on aurait craint, petit et frêle que j'étais, de me perdre, mais aux séances de mise en condition physique et de répétition des mouvements qu'on tenterait, le dimanche suivant, de développer face à l'adversaire.

Papa étant président du club — je n'ai jamais su pourquoi — et moi le suivant accroché à son pardessus, j'ai sûrement vu ce que même les espions de l'équipe ennemie ne parvenaient pas à surprendre.

D'abord la peine des hommes. Ils avaient de dix-huit à trente ans et me paraissaient des adultes, pour ne pas dire des gens âgés. Bras et jambes nus, parfois moustachus, je me souvenais les avoir vus, habillés, aux terrasses des cafés ou sur le marché où ils traitaient leurs affaires. Je devais me forcer à admettre qu'il s'agissait des mêmes. D'autant que, s'il leur arrivait de parler fort sur le cours, sur le pré, ils se montraient dociles aux ordres. Dix fois, vingt fois, on les faisait recommencer le même mouvement, avec accompagnement d'encouragements plutôt violents qui ressemblaient à des insultes :

— Mais tu es couillon ou quoi ? Regarde-le ce bedegas[1]. Mouille-toi un peu la chemise.

On aurait dit des bêtes de labour sous le joug. D'ailleurs, du moins pour les avants, on les contraignait à passer dessous une baguette entre deux piquets afin qu'ils s'habituent à la posture accroupie et soudée convenable à la mêlée. Sans jamais toucher l'herbe du genou.

Un ordre, ils se ployaient. Un autre, ils se relevaient. Je les entendais souffler, parfois gémir comme des arbres frappés à la cognée. De temps en temps, ils avaient de grands cris bêtes. Papa les observait, allait jusqu'à eux, les flattait de la paume comme des bœufs familiers, lançait une blague, indiquait un mouvement. L'entraîneur hochait la tête. Je m'ennuyais un peu. Souvent avec le soleil qui baissait, je frissonnais. Il ne le voyait pas.

— Ton fils n'a pas froid ?

s'inquiétait son voisin. On me nouait une vague écharpe autour du cou. Et l'interminable après-midi reprenait. Les adultes ne comprennent jamais qu'ils

---

1. Je n'ai jamais su la formulation exacte de ce mot. Je l'entendais comme bec de gaz et j'ai toujours pensé qu'il signifiait *maladroit, emprunté,* benet pour tout dire. N'était-ce pas planté comme un *bec-de-gaz* ?

n'ont pas la même mesure du temps que nous. C'était la nuit, investissant doucement le stade et créant d'inquiétantes zones d'ombre, qui me libérait. En rentrant, seul à seul avec mon père, j'avais droit à un cours magistral dont je ne mesurais guère la portée. A dire vrai, papa se racontait à lui-même la journée, selon lui exemplaire, que nous venions de vivre.

— Tu as vu ces garçons ? C'est autre chose que de passer son temps à jouer aux cartes ou au loto ou aux dominos dans les cafés... Ici, on forme des hommes... Une école de volonté... Un apprentissage de chevalier... Si j'ai accepté la présidence, c'est pour ça... pour pouvoir t'emmener ici... pour que, à ton âge, tu aies ce spectacle sous les yeux...

Sur le chemin qui nous ramenait, et la nuit aidant, je croyais voir une auréole nimber, soudain, le front paternel et s'y maintenir.

Elle ne se dissipait qu'aux premières maisons du village. Car le chemin était long. Cette année, revenant à Châteaurenard, et grimpé jusqu'au jardin des tours, j'ai regardé le bourg étalé sous mes yeux avec ses fumées douces et ses toits de tuiles. J'observai les arènes et le court, et je devinais, perdue dans le feuillage des platanes, ma maison natale. Et l'évidence me frappa : le terrain de rugby jouxtait les arènes. Avais-je donc imaginé, des années durant, le long itinéraire du retour ? Le vieux gardien eut un petit rire :

— Quand vous étiez enfant, il était là-bas...

Sa main montre un espace vert non loin du nouveau marché-gare. Exactement à l'autre extrémité du village.

— Il sert encore mais, maintenant, les grands matches ont lieu au nouveau complexe sportif avec piscine olympique et courts de tennis...

En une seule phrase, j'avais retrouvé l'émotion de naguère, mais on l'avait échappé belle, elle et moi.

De la démonologie paternelle, un nom émergeait : *Struxiano*.

A mes jeunes oreilles, il avait tous les sortilèges de l'exotisme. *Struxiano* était un vieux briscard du rugby qui, moyennant la gérance d'un café-restaurant ou une place de contremaître à la scierie avait choisi d'achever sa carrière dans un bourg comme le nôtre. Si j'ai bien compris, sa venue était dûe à une initiative paternelle. Il tenait là sa super-vedette. Je ne l'avais aperçu qu'une fois. Les autres l'entouraient comme on monte la garde devant un monument historique. Quand il daignait ouvrir la bouche, le cercle se taisait.

Struxiano était devenu, même à table, à la maison, un personnage mythologique.

— Ils sont premiers de leur poule, expliquait papa, mais, nous, on a *Struxiano* !

Du peu que je me souvienne et avec de fortes chances de confusion entre Struxiano et tel vieux de la vieille dont parlait aussi mon père et dont j'ai oublié le nom, la super-vedette était *ficelle*.

Non seulement il avait le rugby dans le sang, même si ce dernier n'était plus tout jeune, mais tous les sales tours, les embrouilles, les coups interdits, il les employait d'un air faussement innocent et sans jamais se faire prendre par l'arbitre.

Ainsi de son béret... Voilà soudain que l'autre nom me revient... Lalande... Était-ce *Struxiano* ou Lalande qui se conduisait ainsi, qui suppléait les jambes vieillissantes par des trucages avec son béret ? Qu'importe ! C'était *Struxiano* ou Lalande qui faisaient cela. Ils (non *il*) jouait avec son couvre-chef noir vissé sur la tête. Et lorsqu'il s'élançait pour une chevauchée de trois-quarts, et que les autres le serraient de près, il *feignait* la passe en arrière et lançait, non le ballon ovale, mais le béret. Le ballon, lui, il l'avait fait passer, justement, d'une main à l'autre et, de là, l'avait caché sous son bras. Et c'est ainsi qu'il poursuivait vers l'en-but et l'essai sans être autrement inquiété...

Cette histoire de *Struxiano* ou de *Lalande* passant victorieusement la ligne blanche, ballon en main, si je ne l'ai pas entendue cent fois ce n'est pas une. Je dis bien *entendue* car je ne l'ai jamais *vue*. Papa ne m'emmenait qu'à l'entraînement et vous pensez bien, qu'avant les matches, *Struxiano* et Lalande ne dévoilaient pas leurs malices, même à leurs équipiers. Toujours la peur des espions...

A force de me trimballer à l'entraînement des Dieux du stade, mon père, un soir, m'a oublié. Il est rentré seul, à la maison. Ma mère s'est aussitôt alarmée !

— Où est Sissi ?

— Sissi ? Comment veux-tu que je le sache ?

Et, presque aussitôt, le souvenir lui revenant :

— Mon Dieu, Sissi !

Il est aussitôt reparti. Il m'a trouvé sur la route enténébrée, accroché à la main salvatrice d'un supporter qui, me voyant seul, le dernier, sur le terrain, et ayant reconnu le fils du président, s'était chargé de me raccompagner.

Ma petite sœur Jojo dans les choux...

L'histoire de la fontaine publique, du mur oblique des allées et du monticule de trognons de choux-fleurs ressemble à un conte d'enfant revu et corrigé par Tartarin. J'explique. Et pour cela, je commence par un plan simpliste de Châteaurenard, dressé de mémoire, mais suffisant pour suivre le déroulement de l'épopée — car c'en est une. Le magasin d'expéditeur de mon père est donc près des arènes, à proximité des allées, c'est-à-dire à l'est du village. Les allées s'étendent jusqu'au cours Carnot, le libérateur du territoire, là où se dresse, au sommet d'une colonne, comme une tête tranchée et chapeautée, celle d'un lointain aïeul, le docteur Mascle. A cet endroit, les allées sont bordées d'un mur qui, à sa base, est très peu haut, mais s'élève progressivement jusqu'à deux mètres ou plus. A l'angle le plus bas, une fontaine, de celle où l'on faisait jaillir l'eau en pressant sur un gros bouton de fonte. Une main sur le poussoir, l'autre à plat sous le robinet pour faire gicler l'eau horizontalement le plus loin possible et donc éclabousser les passants. Chacun de nous a fait cela. C'était la spécialité de Zézette, ma sœur aînée. Rentrant de l'école avec Jojo, elle la décidait à faire halte devant la fontaine. Jojo, plutôt studieuse et sérieuse, rechignait. Finalement, elle obéissait, mais ne participait pas au jeu. Assise par terre, adossée au mur, elle ouvrait son cartable et entreprenait de réviser ses leçons.

On sait que c'est ce genre d'innocent qui trinque le plus sûrement dans les guerres civiles. Jojo attendait donc, le nez dans ses livres, tandis que Zézette, impertinemment, jouait à l'eau. Ses cibles étaient les cyclistes qui, même aspergés, préféraient crier un reproche et s'éloigner à toutes pédales. Elle épargnait les piétons trop enclins à la riposte, à l'exception des jeunes de son âge qui piaillaient, menaçaient mais finissaient par éclater de rire avec leur tourmenteuse. L'opération durait depuis plus d'un quart d'heure quand un ami de mon père, qui y avait assisté, s'est cru en devoir d'aller l'alerter.

L'eau, en famille, on savait. A deux ou trois

reprises, Zézette et Jojo avaient dû promettre que « ça ne se reproduirait pas ». Vexé sans doute de devoir son information à un tiers quelque peu rapporteur, le lieutenant Jullian partit aussitôt sur le front.

En approchant du lieu du crime, il perçut toute son ampleur. A présent il y avait attroupement et, comme à l'accoutumée, nul n'était du même avis. Les non mouillés s'amusaient de bon cœur du malheur des autres, lesquels, atteints dans leur dignité, en appelaient à la bonne éducation et portaient de sévères jugements sur les parents incapables de bien élever leurs enfants.

Au point où en étaient arrivées les choses, plus question pour Zézette de capituler. Sa chance résidait dans l'avantage, fort précaire, que lui assurait la possession de la source d'eau. Tant qu'elle maintenait les adversaires à distance, elle ne risquait rien. Jojo, imperturbable, tête baissée, récitait ses leçons à mi-voix.

Quelqu'un lança : « Enfin, voilà le père ! »

Zézette l'entendit et, dès lors, éperdue, ne songea plus qu'à la fuite. Entourée de tous côtés, il ne lui restait, pour refuge, que le mur des allées. De la fontaine à son faîte, il ne fallait que deux enjambées et un saut. Elle les fit. Et mon père, fendant la foule, s'avança pour la saisir aux chevilles mais il dut craindre de la faire choir et il la laissa filer. L'instant d'après, c'était trop tard : elle le surplombait.

Il faut convenir que c'était impressionnant. Du plus haut de la muraille, la fillette dominait tout le monde. Seules les tours étaient plus hautes qu'elles. Un murmure d'effroi passa sur l'assistance.

— Zézette, descends d'ici tout de suite !

Rien n'y fit. L'enfance est une période à la fois sotte et très intelligente de la vie. Sotte parce qu'on ne sait rien, même pas cela : qu'on ne sait rien. Très intelligente parce qu'on ne croit pas ce qu'on nous dit.

— Descends, je ne te gronderai pas !

Tu parles ! Paroles de garde-chasse, d'instituteur, de caporal-chef ou de mouton, paroles de parents quoi ! S'il n'avait eu l'intention de sévir, que ferait là le père bien-aimé et respecté ? Juchée sur le chemin de ronde de sa citadelle personnelle, consciente de l'intérêt qu'elle suscitait et ravie de l'inquiétude dont elle était la cause, Zézette en oubliait son vertige. A tout prendre, le vide lui faisait moins peur que papa. Et comme le vide ne risque pas de se lasser... Bref, moqué par les badauds, le lieutenant Jullian comprit vite qu'il était urgent de décrocher. Et il s'apprêta à une retraite honorable :

— Rentre à la maison, tu ne perds rien pour attendre...

Phrase stupide, convenue, traditionnelle, une de celles qui explique les enfants fugueurs et que, pourtant, on ne cesse d'employer dans les meilleurs milieux.

C'est alors que, par malchance, papa aperçut Jojo. Toujours assise par terre, son cartable sur les genoux, elle n'avait rien fait d'autre que lever les yeux de son cahier. C'est ce qui la perdit.

— Tu vas voir, toi !

Et papa, pressé de rétablir un prestige et une autorité assez mal en point, — faute de grives, on mange des merles — se jeta sur ma sœur cadette.

Le moment est venu de vous ressouvenir de la topographie des lieux. De la fontaine au magasin d'expéditeur, il y avait toutes les allées à parcourir et elles étaient, par nature même, à découvert, sans cachette possible. Jojo, pour une fois vite debout, lâcha ses affaires et, sincèrement, épouvantée, s'élança dans l'espace vide. Papa fit de même, juste derrière elle. Du coup, le mur devint les gradins d'un stade d'où l'on pouvait suivre la partie et Zézette en occupait la meilleure place. Si bien que la coupable regardait l'innocente lutter pied à pied dans l'arène. Course pour course, on va plus vite quand on n'a pas de réputation d'homme rangé à soutenir. Jullian n'allait pas se donner en spectacle à ses concitoyens. Force lui fallait de discipliner son souffle tout en veillant au passage (il pouvait y avoir des dames) à montrer qu'on n'était pas pour rien président du club de rugby. Bref, contre tout pronostic et trouble aidant, Jojo aborda toujours en tête la dernière ligne droite. Derrière, sur le stade, c'était du délire...

Au bout des allées, il suffisait de tourner à gauche

pour échapper aux regards. La remise n'était pas loin : soixante mètres tout au plus. Jojo, apercevant maman debout, sur le trottoir, coupe-choux en main, parmi les emballeuses, se crut sans doute sauvée. Elle prit le temps de respirer. Elle eut grand tort. Le lieutenant Jullian comprenant que sa proie allait lui échapper et que ce serait là vilaine mésaventure devant un personnel vilainement admiratif, joua la touche.

En pleine course, il leva le pied et botta le cul de ma sœur. Elle ne s'y attendait pas. Et elle était légère. Et elle courait. Le résultat fut que, littéralement, elle s'envola. Et la chance voulut qu'elle fut projetée, tête la première, dans le monticule de trognons de choux-fleurs monté devant l'entrepôt. Miracle ! Elle y fut comme engloutie. Et mon père, essoufflé, rouge et déjà marri, fut bien contraint, comme les autres, de se rendre à l'évidence : Jojo avait disparu.

Ma mère était comme folle. Les emballeuses regardaient papa comme s'il se fût agi de Barbe-Bleue. Bref, la cavalcade s'achevait par une tragédie. Heureusement, chaque trognon de chou est léger et entre eux, même entassés, l'air circule. Il fallut plusieurs minutes pour dégager Jojo. Maman la prit dans ses bras et l'emporta à l'intérieur. Papa était, par tous, fui comme un pestiféré. De trois jours ma sœur cadette eut le plus grand mal à s'asseoir. Mais l'aînée y gagna de ne recevoir, lorsqu'elle rentra, aucune réprimande. On avait eu trop peur et on en voulait trop à celui qui avait donné ce mauvais coup à l'innocente. Ce fut la grande chance de Zézette.

* * *

Le mazet... ou le maset ?

J'ai le mot dans la mémoire. Et comme il s'accompagne d'un bruit de charrette à laquelle on attelait Bijou, le cheval, j'imagine le maset, en campagne, non loin de Châteaurenard. Pour de plus amples précisions, je me suis adressé à Jojo. Avec les années, elle a perdu la moitié de son surnom — c'est Jo —. Elle aussi se souvient du maset et du cheval. Nous avons tenté de reconstituer l'itinéraire et, toutes images mêlées, nous avons opté pour la plaine, caillouteuse, derrière la montagne des tours. Ce n'était pas dans les jardins et, sans nul doute — nos souvenirs concordent — le maset était une vigne. Notre père s'était offert son carré de ceps. Un simple champ, au bas de la colline, légèrement pentu, avec une cabane à outils. Rien d'autre pour nous protéger du soleil lorsqu'il était à son zénith. Oui, le maset était sans ombre. De celà, nous sommes sûrs.

Pour s'y rendre, c'était expédition. Adam attelait Bijou. On s'endimanchait quelque peu, puisque, pour se rendre sur place, on traversait le village, toujours attentif.

De mon enfance, je garde l'impression d'avoir été, avant tout, un paquet, aimé et dorloté à de certaines heures, un peu rudoyé à bon escient, mais un paquet. Je me demande si ce n'était pas la notion que la génération précédente avait de l'enfance ! Un colis qu'il fallait porter, sauf, jusqu'à l'adolescence. Ensuite, au colis de se débrouiller seul. Non contents de cette simplification, les adultes tenaient à leur propre considération ; il était de bon ton de se sacrifier pour ses enfants. « Lorsque le pélican, lassé d'un long voyage... » tenait lieu de catéchisme laïque. Donc, avant de se mettre en route, les parents se justifiaient à leurs yeux et aux oreilles des voisins :

— On va faire prendre l'air aux enfants !

Hue ! Dia ! Nous voilà partis ! Dans un panier d'osier, les victuailles !

Et le vin, les bouteilles, bien bouchées, alignées, côte à côte, chacune dans un torchon blanc et rouge. Le seul intérêt de l'équipée, en ce qui me concerne, résidait dans ces victuailles. Maman les préparait avec un soin jaloux : poulet en gelée, rosbeef, beignets froids de pommes de terre (j'y reviendrai), fromageons et desserts. C'était un quatre-quarts ou un pain d'épices de confection familiale. Point de fruits. Il y en avait à profusion à l'arrivée où les arbres croulent l'été.

A peine sortis du bourg, l'aventure commençait. A moi, le plus jeune, la première mise en garde :

— Surtout, n'aie pas mal au cœur !

Rien de tel pour vous y faire penser. La seule évocation de ce fichu mal au cœur m'y ramène, cinquante ans plus tard. Je soupçonne adultes et enfants de coopérer à la création et à la permanence de ce malaise béni des dieux. Il assure la culpabilisation des enfants, et, de ce fait, aux moindres frais d'un arrêt en campagne, la domination, salvatrice et légèrement excédée, des parents. Le balancement régulier de la charrette, prédisposait à avoir, très vite, le cœur au bord des lèvres. Ne restait plus qu'à gigoter un peu avec mes sœurs — ce que font immanquablement les gosses qui s'ennuient — et l'effet escompté se produisait.

— Raymond... arrête... Sissi a mal au cœur.

Bon ! On sifflait doucement le cheval et on s'immobilisait sur le bas-côté. J'ai la vague sensation d'un morceau de bois, attaché à une chaîne et qu'on descendait pour en faire une béquille. Moi, on me mettait à terre. Je me demandais alors si j'avais *vraiment* l'estomac barbouillé. Car c'est bien de lui qu'il s'agit. Erreur de viscère dont j'éprouvais l'injustice. Manquer de cœur, moi qui avais la peur en moi, était honte. Avoir le ventre incertain me paraissait infiniment moins grave et se rattachait à mon état d'enfance, fort provisoire après tout.

Au sol, le vent et les cigales aidant, je me sentais mieux. Je ne tardais pas à devenir le centre du jeu — on me regardait — Littéralement, on *m'attendait*. A de certains soupirs, à des attitudes, à des haussements

d'épaules, je devinais les pensées, *la* pensée. Car, il n'y en avait qu'une qui pouvait se résumer ainsi :
— Alors ? Il vomit ou il ne vomit pas ?
La plupart du temps, j'avais dérangé pour rien, moi qui, depuis l'appareillage, n'avait pas dit un mot. On me le laissait à entendre :
— Allez ! Ouste ! On repart !
On me hissait sur la charrette et, jusqu'à l'arrivée, on feignait de ne plus s'intéresser à mon sort. Aurais-je vomi qu'on m'aurait, ensuite, entouré de soins, accompagnés de vagues menaces :
— Mieux vaut le mettre à la diète aujourd'hui...
(Adieu, les beignets froids de pommes de terre)... ou, encore : demain, je l'emmènerai chez le docteur Pascal...
Bref, au maset, je me sentais flageolant.
Il y avait, parfois, une variante. Maman, fort autoritaire, pouvait, si la pause-mal-au-cœur s'éternisait, proférer la phrase majuscule :
— Mets-toi un doigt dans la bouche !
Sûr, elle ne pensait pas ce qu'elle disait ! J'en frémis encore.
Je répondais d'une voix pâle, que j'allais, soudain, beaucoup mieux, et les jours de culot, j'osais affirmer, hasardeux et péremptoire :
— J'ai faim !
Dare-dare, on repartait.
C'est vrai que la riposte des enfants en péril d'encombrer consiste, bien souvent, à prétendre :

— J'ai faim...

En Provence, il est de coutume — en tout cas, ce l'était de mon temps — de répondre :

— Mange ta main et garde l'autre pour demain...

Ce qui prouve, certes, l'importance de la rime dans les idées toutes faites, mais ne manque pas d'irriter les jeunes cervelles.

Au maset, sitôt débarqués, il convenait de se rendre utile. Un déplacement familial en milieu rural constitue un exercice de solidarité élémentaire en forme de travaux pratiques.

— Zézette, le vin au frais... Raymond n'oublie pas le filet anti-mouches du cheval... Jojo qu'est-ce que tu attends ?... Et toi, Sissi ? Ne reste pas dans les jambes...

Ah ! la bonne journée ! A l'agitation des préparatifs succédait la liturgie du pique-nique. Chez les gens du milieu social qui est le mien, le repas était, en quelque sorte, la preuve quotidienne de la réussite du labeur. A qui a bien travaillé, bonne pitance ! On choisit avec soin ce qu'on mange quand on le paie avec des sous qu'on a eu peine à gagner. Chaque moment du repas doit glorifier le savoir-faire paternel dans son métier ! (n'est-ce pas lui qui a permis l'acquisition des denrées les meilleures ?) et le tour de main maternel qui, par vieille tradition de famille, lui a appris à tirer bon parti des bonnes choses ? Déjeuner, à l'ombre approximative de la charrette, le cul sur une pierre, au plein de l'ardeur du soleil et dans le bourdonnement des mouches vite attirées, c'était chanter un *alleluia* pour un couple de travailleurs arrivés et dotés d'enfants bien élevés. Papa, d'un œil, regardait sa vigne. A présent, pour petit qu'il soit, il n'était pas errant, mais fixé. Il tenait ses certitudes de son raisin à venir. De sa petite tribu, il avait su faire une maison, mais les maisons, en ville, sont captives. Seule, la terre, même coupée de rangées de cyprès, est sans limite. Lui en avait un bout, bien à lui, et il nous avait donc enracinés.

La sédentarisation, voilà la civilisation. Du moins le croyait-on alors. D'où la méfiance envers les errants et les écriteaux à l'entrée des villages : « interdit aux nomades », et les mille vilaines légendes qui courraient sur les gitans, les *boumians* comme on disait. On ne se rendait pas compte, qu'à force de trouver son assurance dans son périmètre, on se fermait les yeux et les oreilles au monde et qu'il se ferait, ou se déferait, tout autour de nous, sans qu'on n'y prenne garde. Le *maset* c'était comme les poches de résistance des Allemands ou des Japonais à la fin de la Deuxième Guerre mondiale, *forteresse* qu'il suffit d'ignorer longtemps pour qu'elle finisse par tomber. A la fraîche, après avoir replié les affaires, on remontait dans la charrette. Parfois, sur le chemin du retour, nous étions précédés ou suivis d'une compagnie bruyante d'hirondelles…

Le bac à épinards...

Ma mère était volontiers énergique. Blonde, mince, avec un visage à l'ovale parfait, un port naturel de reine, elle ne rechignait à aucune besogne dure et témoignait, dans les activités d'expédition, d'un allant contagieux. Une vraie femme de commerçant avec ceci de particulier que, sitôt la journée faite, elle se mettait à ressembler à une déesse de passage. Elle avait, à de certaines heures, l'art d'être en visite chez elle. Aujourd'hui encore, je m'interroge sur les exactes relations de fils à mère que nous avons eues. Je suis sûr de l'avoir aimée et je sais l'impression de chute lucide dans un gouffre que sa mort m'a causée. Ai-je eu une vraie conversation avec elle ? Une fois lui ai-je fait confidence de ce qui me tenait le plus à cœur ? Qu'attendais-je de ses yeux, de son sourire, de son intelligence, sensible et preste ? Est-ce dû au fait que j'étais, à la fois, le plus jeune et le seul mâle ou bien était-ce la manifestation profonde de son caractère ? Elle n'était pas exceptionnellement maternelle. Pourquoi ai-je d'elle, quand j'étais enfant, le souvenir d'une *dame ?* C'était à Paris, dans les premières années de notre installation. Elle s'apprêtait à sortir avec mon père. Elle portait un chapeau avec une voilette. Elle se parfumait au Cuir de Russie. On s'embrassait du bout des lèvres, précautionneusement. Mais, à Châteaurenard, plus rurale, moins appliquée, elle me paraît avoir été plus vivante, sans pour autant se montrer davantage caline. Disons que ce n'était pas son truc. Il y avait aussi la présence de Jeanne. Ma vie était entièrement réglée par elle. Du moins c'est le souvenir que j'en garde. Elle me couchait et me réveillait et ce sont, là, gestes essentiels. En quelque sorte, me confiant au sommeil et m'en libérant, elle me donnait la vie. Elle non plus n'était guère attendrie. C'était le genre affection bourrue. Homme j'étais, enfant d'homme, nommé de ce fait non Marcel ou Sissi, mais Jullian. Ce qu'on devait m'apprendre était de me conduire en homme. La rudesse comme preuve d'amour.

Éducation de Petit Prince auquel on révèle les devoirs et l'eau, non chaude mais dégourdie. Sans compter mes deux sœurs, l'une et l'autre plus âgées que moi. Si je voulais attirer l'attention, il ne fallait pas y aller par quatre chemins. D'où certains trépignements, quelques crises de nerfs qui s'emparaient de moi lorsque les choses, alentour, me semblaient trop hostiles ou indifférentes. Il paraît que je m'y montrais tout à fait insupportable.

J'ai dit, quelque part, qu'il y avait, dans la remise où on emballait les légumes, une rangée de cuves en ciment dans lesquelles, à la saison, on lavait les épinards avant de les expédier. Elles sont gravées dans ma mémoire. Pourquoi, habillé « en dimanche » avec chemisette en tussor et petites culottes de velours noir, ai-je, au tout dernier moment, refusé une sortie et *piqué ma crise*? Ma mère devait être pressée — le malaise couvait sans doute depuis un moment — en tout cas, elle ne le supporta pas. Sans avoir eu le temps de dire ouf, je me suis senti pris aux épaules, enlevé du sol, maintenu en l'air à bout de bras... Est-ce que cela m'avait rendu muet, comme cette zone de calme au milieu d'un cyclone qu'on appelle l'œil ? Pas le loisir d'interroger, de supplier ou même de comprendre...

L'eau, froide, glacée, ténébreuse, dans laquelle j'étais plongé d'un coup, laché, noyé, englouti... J'en tremble encore. Ce qui est sûr, c'est qu'elle, ma mère, ne me protégeait plus. De tutélaire elle était devenue justicière.

Qui m'a sorti de là ? Elle ou Jeanne ? Ce que je sais, c'est que ma mère ne m'a pas dévêtu, séché et rhabillé. Elle devait être sérieusement en colère. Je ne l'ai pas revue de tout le jour. Pendant plus de dix ans, j'ai conservé l'horreur de l'eau. A la plage ensoleillée, il fallait me contraindre à entrer dans la mer, et, encore, pour m'y mouiller jusqu'aux mollets. Adulte, ou presque, j'ai réglé mon compte avec la Méditerranée maternelle, mais ce fut long, très long...

En revanche, et, semble-t-il, pour une existence entière, j'ai cessé de croire qu'une colère trépignante constituait un mode de communication avec le monde extérieur. Ceux qui, soudain, se mettent à hurler, me font immanquablement rire. C'est autant de gagné !

L'aiguille et le tafanari de l'emballeuse

Il faut, d'entrée de jeu, me promettre de me croire, car l'histoire que je vais raconter, pour être vraie, n'en est pas moins peu crédible. Laissez-moi d'abord planter le décor car il est important pour, précisément, comprendre et, donc, *admettre* la scène. Et puis c'est l'occasion pour moi, de parler d'un métier ; celui qu'exerçait mon père, et après son départ, ma nourrice Jeanne Barroyer chez qui on m'envoyait en vacances : expéditeur de fruits et légumes.

Les remises étaient ordinairement des pièces rectangulaires assez vastes, de l'ordre de cent à deux cent mètres carrés, qui donnaient, à l'arrière, sur un bureau, l'appartement, la cour et le jardin, et, à l'avant, sur la rue. Un grand porche, deux fenêtres l'éclairaient. Les ouvertures étaient munies de barreaux. Le plus souvent, tout autour du local, haut de six ou huit mètres, courrait une mezzanine où on rangeait les emballages vides et les ustensiles du métier : papiers, frisure, rouleaux de ficelle, sacs de jute et autres matériaux.

Au plafond pendaient des poulies à l'aide desquelles on hissait les cageots neufs livrés par la scierie voisine et qui sentaient bon le bois amer.

Il y avait aussi des tiges, comme des manches à balai, dans lesquelles on faisait glisser les bobines de corde destinées à ficeler les colis. Il suffisait de les faire coulisser dans la tige un instant libérée de son support, de refixer la tige, et la bobine laissait pendre son fil, qu'en bas, le commis chargé de clore le cageot, tirait à lui et enfilait à une grosse aiguille plate en son extrémité et qui servait, surtout, à coudre les toiles de sac sur les banastes...

Je pense que vous imaginez à présent la remise. Outre mon père, en bras de chemise ou en pull tricoté main, et, parfois, casquette sur la tête et ma mère, un tablier noir à la taille, plus Adam, toujours affairé, il y avait là cinq ou six emballeuses et deux ou trois commis. Papa officiait à la bascule, un crayon sur l'oreille, un bloc à la main.

Les emballeuses m'ont toujours paru des personnes mûres. Il faut dire que j'étais un enfant. Parfois, il en venait une jeunette. On lui confiait les menus travaux, mais ceux-ci étaient si nombreux et si variés que la pauvrette sans cesse appelée, immanquablement sollicitée, trimait davantage encore que les autres. Celles-ci, les yeux sur leur ouvrage, étaient, selon les cas, soit assises, occupées à ranger chaque pêche dans sa collerette de papier glacé, soit, plus rarement, penchées en avant, quand elles tassaient épinards ou haricots verts dans des mannes. Et il leur arrivait, en cette posture, d'offrir aux regards des arrières-trains, le plus souvent volumineux. Je me souviens que, lorsqu'ils atteignaient des dimensions respectables, mon père les appelait des *tafanari*.

Or donc, le jour dont je parle, un commis

s'escrimait sur un colis. Pour mieux le ficeler, il l'avait descendu de son tourniquet, et l'ayant assuré entre ses jambes, agenouillé, il passait la large aiguille entre les joncs et cousait la toile à l'emballage. Juste assez tendue pour qu'aucune feuille ou aucun haricot ne tombe, juste assez lâche pour que l'air y circule... Alentour, la ruche bourdonnait...

Est-ce une illusion, une idée toute faite, la tendance de parer les souvenirs d'enfance de couleurs vives, mais, ma parole, chaque fois que j'y repense, j'éprouve la même impression : tous ces gens qui travaillaient durement, et tout au long du jour, étaient *gais*. On les entendait rire, parfois pouffer, et même... stupeur, chanter...

Même s'il fallait voir dans cette gaîté la preuve de l'aliénation des employés à l'égard du stupide patronat du début du XXe siècle, bénie soit une aliénation qui amène à rire ! Trêve de faux-semblants ; je crois qu'on aimait travailler ensemble et qu'on y prenait même un coupable plaisir.

L'emballeur avait du mal à passer son fil. Il tirait sur son aiguille sans parvenir à l'extraire du piège où elle s'était fourrée. Il tirait, d'abord prudemment, puis avec force, puis avec impatience, et, soudain, comme l'aiguille ne voulait rien savoir, avec colère...

Il y mit tant d'acharnement, qu'enfin tout vint d'un coup... Ce fut comme si on avait décoché une flèche. L'aiguille miroita, s'élança en avant et en hauteur avec une violence inouïe... et alla se planter, droit, au beau milieu du *tafanari* offert avec tant d'involontaire complaisance.

On entendit, presque simultanément, le cri de la malheureuse emballeuse touchée à vif et le « merde » du commis qui, d'émotion, avait lâché et l'aiguille et la corde...

Tout le monde leva les yeux. Et je jure que le spectacle en valait la peine. Ferrée comme un poisson au bout de sa ligne, l'emballeuse trépignait sur place, yeux hors de la tête, en poussant des cris de plus en plus rapprochés : ouille ! ouille ! ouille ! A ses côtés, les femmes les plus proches, qui avaient compris ce qui lui arrivait, tentaient, inexplicablement, de l'apaiser :

— Voyons, Hortense !

La jeune regardait fixement le commis avec des yeux sévères. Et, soudain, sans que rien ne le laisse prévoir, l'infortunée Hortense repoussant sa banaste, bousculant les emballages vides du voisinage, s'élança en avant. Va savoir pourquoi, elle se rua vers le portail grand ouvert. Elle évita les obstacles sur son chemin et, toujours avec des *ouille* et des *ouille*, elle atteignit bien vite, et le trottoir et la rue, éclaboussée de soleil... Un homme chercha, vainement, à lui barrer le passage. Déjà, elle était dehors...

Le pire était la ficelle. Elle défilait à toute vitesse derrière elle, entraînant au plafond, la bobine qui se déroulait vertigineusement...

C'est ce qui l'arrêta, net, alors qu'elle approchait

du cours, hurlante et faisant se retourner les badauds à son passage : quand il n'y eut plus de corde à l'écheveau... D'elle-même, Hortense, sans s'en douter, arracha l'aiguille de son *tafanari*. La voilà, l'histoire vraie de l'emballeuse et de l'aiguille. La malheureuse s'en tira sans trop de dommage. On la conduisit chez le médecin et, le lundi suivant, elle revint reprendre sa place dans la remise. On évita, un temps, de lui parler de ce qui s'était passé. De son côté elle évita, sans doute par superstition, de trop se pencher en avant et d'offrir son cul comme cible. Puis, un beau jour, elle n'y pensa plus...

Le bœuf à la bourgine

Ce devait être pour la Saint-Eloi qui se fête au début juillet, réjouissance qui dure quatre jours et qui comprend, aujourd'hui encore, un grand « encierro » sur le Cours Carnot, un lâcher de taureaux en pleine ville. Ou alors, pour la Madeleine, à cheval sur la fin juillet et le début d'août, et qui comprend un défilé de charrettes ramées. J'opterais plutôt pour la seconde parce que je me souviens que les tomates étaient au plein de leur maturité. L'usage, un peu barbare et, en tout cas, ravageur, s'est peu à peu perdu.

Voilà. On fermait tout un quartier dont le centre

était le fameux Cours Carnot, créé, en 1790 « sur le régale des remparts », où poussaient, sans harmonie dit-on, des saules et des mûriers. « *Ce cours,* écrit Julien Jouffron, *est devenu l'artère principale de la ville. Les rouliers et charretiers venant de Tarascon l'empruntaient pour aller à Noves où la route nationale et un pont sur la Durance les favorisaient dans leurs charrois* ».

Le Cours Carnot était soigneusement cerné par des charrettes et des barrières assez solides pour résister à l'assaut d'un fauve. Car c'en était trois ou quatre que l'on descendait, l'un après l'autre, du camion les amenant de Lunel ou de Maussane, taureaux de manades, vifs et ombrageux, animaux d'ébène aux naseaux fumants qui, sitôt confrontés avec la lumière crue du soleil et les cris de la foule, se ruaient sur le cours entraînant les réactions imprévues des audacieux qui tentaient de leur barrer le chemin, en écartant les bras et en poussant des cris. On connaît la fête de Saint Firmin à Pampelune où les bêtes finissent par entrer dans les arènes après avoir parcouru les ruelles environnantes sur un tapis de corps plaqués au sol, les bras croisés sur la nuque. Chez nous, plus sages et plus pratiques peut-être, avec le bœuf à la bourgine, on se contentait de le bombarder et, en cas d'urgence, de fuir ses cornes. Les projectiles étaient des tomates. Les expéditeurs les avaient fournies, dans des banastes de châtaignier. Des fruits trop mûrs pour l'expédition, prêts à se fendre et qui, sinon, seraient livrés à la conserverie. C'est dire leur faculté d'explosion. Lancés avec violence, ils éclataient sur les murs, de temps à autre sur un taureau, et, le plus souvent, exprès, sur les passants, ou plutôt les passantes, jeunes et pas trop laides de préférence. On allait donc à la bourgine en vêtements légers, aisés, ensuite, à laver à grande eau ou, pour certains, en tenue de bain.

Revenons-en aux taureaux, prétexte de la frairie. Agacés, tourmentés, traînant derrière eux une longue corde de chanvre dont ils cherchaient à se défaire à coups de tête rageurs, ils avaient des charges imprévues. C'était, aussitôt, cavalcade. Il fallait en hâte, sauter sur un timon ou se réfugier sous un porche en prenant soin de tirer le vantail derrière soi. Les plus vaillants s'accrochaient à la corde et tiraient dessus comme des pendus, n'hésitant pas à se laisser entraîner au sol pendant des dizaines de mètres, pour ralentir la furie de la bête.

Curieusement, il y avait des cafés ouverts, même celui de Paris, avec sa grande terrasse, et que tenaient mes grands-parents. Parfois, l'un des taureaux, affolé et vindicatif, venait y semer perturbation et vacarme. Il y avait des cris, des chaises et des guéridons renversés... Et les tomates volaient dans l'air... Il y avait du rouge partout : sur les maisons, sur la chaussée, et, plus encore, sur les gens... On était jeunes et sots. On avait peur et on s'amusait bien. On était encore des enfants d'hommes.

Beaucoup plus tard, on a porté mon père en terre. Je dis bien *porté*. Mes neveux et moi. A quatre, chacun à une poignée du cercueil. On sentait le corps amaigri tanguer à l'intérieur. Dehors, de nombreux voyages de tomates s'étaient immobilisés. Un océan de rouge d'où montait, ardeur du soleil aidant, une odeur surette... Les produits du terroir faisaient la haie pour l'expéditeur mort qu'on menait en terre...

*
* *

Le château des mains sales

Je suis sûr de l'avoir déjà écrit quelque part. C'est un souvenir de honte fière. Le château — il est devenu depuis la clinique du château — s'élevait à moins de cent mètres de la maison paternelle, dans la même rue. Il régnait sur un fouillis végétal d'où émergeaient deux ou trois arbres immenses et feuillus. C'est du moins ainsi que je le voyais lorsque j'étais enfant. Il appartenait à des parents dont nous parlions entre nous comme « des cousins de château » et il arrivait, fort peu souvent d'ailleurs, que nous y soyons, le jeudi, conviés à goûter. C'était vraie cérémonie. D'abord, mes sœurs et moi, on nous habillait « en dimanche » et ma mère mettait à vérifier notre propreté et notre dégaine un soin particulier.

Nous étions les jeunes ambassadeurs dépêchés auprès du grand Kahn. En nous y envoyant, on renouvelait les recommandations. C'étaient toujours les mêmes, savoir : celles qu'on exprime, traditionnellement, aux émissaires garants de l'orgueil national :

— Tu n'oublieras pas de dire merci, tu ne saliras pas ton costume, tu demanderas des nouvelles de la tante qui est malade, tu... tu... tu... turlututu...

Bref on y allait, tous les trois, chez les cousins du château. On nous y recevait comme des pauvres décents et donc méritants. De cela, je suis sûr, et, au fond, je ne sais pas si cela ne nous faisait pas, quelque part, plaisir. Au tréfond de nos jeunes cervelles, nous nous sentions fiers d'être roturiers, de nous savoir admis sans être reconnus, d'avoir avec ce cousinage des liens de sang qui n'étaient pas des connivences de race. Bref, il ne nous manquait guère que le plumet tricolore au chapeau pour nous croire représentants de la Révolution Française auprès des Habsbourg. En arrivant, il était fréquent qu'on nous demandât :

— Fais voir tes mains...

pour vérifier qu'elles étaient propres. Et au besoin, sans trop regarder, mais pour le principe, qu'on nous envoyât les laver à la fontaine. La propreté est l'élégance des humbles. Avec quelle jouissance, un jour, l'ai-je rêvé ? j'aurais aimé exhiber des paumes noires, des ongles bordés de carbone, des poignets repoussants de crasse. Manière de crier que nous étions non seulement des pauvres mais des sales ! Je ne l'ai pas fait. Jojo et Zézette non plus, mais, peut-être est-ce à cela, à ce souvenir du château que je dois, même au plein de ma conviction monarchique, d'avoir toujours placé sur le même plan, comme un couple indissoluble formé de deux entités égales, le peuple et le roi, l'un et l'autre souverains.

La tante Claire

J'en ai parlé. C'était la veuve du félibre foudroyé du Pont du Gard. On allait chez elle de temps à autre. Ou, pour être plus exact, on se rendait auprès de tante Claire et de Marie. Marie était la servante. Dans l'univers mistralien, c'est un personnage de haut lignage. « La servante au grand cœur dont vous étiez jalouse... » dirait l'autre. A ce niveau-là, ces femmes sont des reines. Elles tiennent la maison, élèvent pratiquement les enfants, et, le moment venu, font la toilette des morts. Accessoirement, si elles vont au terme complet de leur contrat, elles contentent aussi, tout au long de leur vie, avec constance et discrétion tranquille, le maître de maison. En était-il ainsi de Marie ? Plus jeune que la tante et volontiers plus autoritaire, en tout cas déterminée, elle communiait dans le culte bien élevé du poète défunt. De la tante Claire, je conserve l'image d'une femme digne, aux cheveux blancs, qui avait un beau visage lisse, un peu chevalin et bistré. De Marie, celle d'une personne noire de cheveux et vive de comportement. C'était, tantôt l'une, tantôt l'autre qui nous accueillait, et, là, sans trop de cérémonie. Je me souviens de l'entrée, des platanes, de l'escalier du perron et je conserve, quelque part dans ma tête, un jardin d'hiver, peuplé de plantes vertes et dont les vitres, sans doute de couleurs, donnaient sur la cour.

Ah ! les après-midi de lanterne magique ! C'était plaisir un peu suranné mais si délicieux ! D'abord l'obscurité de la pièce, toujours plus ou moins enivrante pour des enfants, ensuite le mystère des préparatifs, enfin, la séance elle-même. On s'asseyait en quinconce pour ne pas se manger la vue, et on regardait. C'étaient de grosses plaques de verre dans des cadres de bois qu'on exposait à la lumière, vraiment magique, du projecteur. Je suis sûr d'au moins deux séries : corrida à Nîmes et pèlerinage à Lourdes. Pour la première, c'était un déroulement complet de la messe taurine, depuis le *paséo* jusqu'au *train d'arastre*. On y montrait des *véroniques*. C'était un peu comme si on avait offert au Taureau, en guise de leurre, la face du Christ du Saint-Suaire de Turin. Pour la seconde, moins sanglante et moins héroïque, on avait droit à l'arrivée des malades accompagnés des infirmières, à la montée vers la Basilique, à la procession avec bannières et brancards, à la grotte de l'apparition scintillante de ses buissons de cierges ardents, à la piscine miraculeuse, sans oublier le village natal de Sainte Bernadette et l'image de la petite fille miraculée à genoux face à la Vierge, mains ouvertes, dans toute sa bienveillante majesté ! Le tout, j'oubliais de le dire, *en sépia.* Il y avait aussi d'autres thèmes dont certains plus ou moins exotiques avec des palmiers dix fois plus haut que le maigrichon plein de poils qui ornait le jardin. J'ai des jonques et des pagodes dans les yeux et, en tout cas, la certitude d'avoir, dans le noir du salon de tante Claire, dégusté, en silence, les merveilles du monde. Je dis bien *en silence* car on considérait, d'instinct, à cette époque qu'on ne voyageait bien que lèvres closes.

Et puis, il y avait la table. Elle était bonne chez Tante Claire, car Marie savait, *aussi,* faire, excellement, la cuisine.

**
* **

La brouette de mon cousin Raoul

Certes, elle n'a pas révolutionné le monde et les idées reçues comme celle de Pascal, mais, quand j'y réfléchis, c'est l'une des rares émergences précises de mon enfance châteaurenardaise.

J'ai envie de parler de la maison paternelle. De sa cour, très vaste, à ma mesure de gamin, avec au fond, la resserre, où, sous une baraque Adrian, achetée aux surplus de la Grande Guerre, on entassait les emballages. C'est dans cette cour qu'Adam fendait le bois le jour de la hache. Mon père a toujours raconté, qu'étant enfant lui-même, il lui arrivait, pour lire des livres qui lui étaient interdits, de grimper au sommet d'une remise à emballages et, là, invisible de tous parce que trop haut placé, il dévorait des romans ou des illustrés. Je me suis toujours demandé ce que ce pouvait être. Songez que même le bon Alphonse Daudet était à l'index pour ses romans parisiens et que les frères Marguerite n'avaient pas encore écrit *la garçonne*. Traînait-il de ces brochures cochonnes où paradaient des messieurs à moustaches et fixe-chaussettes, braquemart dressé entre les pans de la large chemise face à des dames dodues, à bas noirs et à intimité violente entre des dentelles froufroutantes, comme il s'en faisait à l'époque ? Ou bien, plus banalement, quelque histoire un peu leste aux yeux sourcilleux de ses propres père et mère ? Bref, il lisait des textes qui ne lui étaient pas destinés. Un jour, alors qu'il était plongé dans ses pages délétères, on l'aperçut. On le héla. D'émotion, il lâcha le livre, perdit un équilibre instable et, glissant sur le toit en pente, se sentit, impuissant, projeté dans le vide. Jugez de la terreur de celui qui, l'ayant brutalement interrompu, l'avait conduit ainsi à la chute...

Il y a un Dieu pour les enfants désobéissants, et c'est, sans doute, celui qui, au ciel, a le plus de travail. Il court, sans cesse, d'un chantier à l'autre tant il a de cas à traiter. Bref, papa tomba, droit, dans une pile de banastes. J'explique. Ce sont les plus vastes des colis utilisés pour l'expédition. Il y tient, volontiers, vingt kilos de produits agricoles. Elles sont en bois de châtaignier, plus résistants que les autres, et elles sont cerclées de lattes non écorcées et particulièrement solides qu'on a courbées à chaud. On stocke les banastes en les empilant les unes sur les autres, profitant de leur forme, évasée dans le haut, rétrécie dans le bas. Les piles ainsi dressées peuvent s'élever à plusieurs mètres de hauteur. C'est dans l'une d'entre elles que chût l'auteur de mes jours. Il tomba de dos, le cul le premier. Sous le choc, il se passa une série de choses contradictoires qui, paradoxalement, assurèrent sa sauvegarde.

D'abord, il se plia, les jambes et les bras rapprochés du corps dans la position du fœtus. Puis son poids fit, brutalité aidant, craquer le fond de la première banaste. Il passa donc dans la seconde, puis dans la troisième, chaque fois plus recroquevillé et plus affolé. Et, tandis qu'il descendait à l'intérieur même de la pile, celle-ci, sous la poussée qu'elle recevait d'en haut, se mit à tanguer dangereusement, et — on songe à l'homme témoin impuissant de tout ce vacarme — la pile finit, comme cassée en deux, par se répandre dans la cour. On se précipita : mon père n'était pas dedans. Il se trouvait dans la banaste du dessus, au sommet de la pile qui, comme on dit volontiers chez nous, était restée *droite*.

J'en reviens à mon cousin Raoul. Il n'y a, vous l'avez compris, qu'une cour à traverser. C'était le fils de l'un des frères de ma grand-mère de Marseille, la lignée corse si vous voulez. Il devait avoir treize ou quatorze ans alors que j'en avait cinq et il est bien certain qu'il m'émerveillait. D'abord il était beau. Une beauté méditerranéenne brune un peu facile : peau mâte, cheveux gominés, yeux de braise, et, avec ça, un corps élancé et, adolescence aidant, ayant des grâces un peu féminines. Or, le cousin Raoul jouait plutôt les petits mâles et se montrait préoccupé de sa mise et de l'effet qu'elle pouvait produire ! Il était, pour quelques jours, en vacances à la maison.

Ce dont je me souviens, c'est de la pluie de ce jour-là. Une pluie tropicale, drue, implacable, ne tolérant aucun répit, paraissant installée à jamais. Nous la regardions à travers les vitres avec ces mines qu'ont les enfants privés de sortie. On s'ennuyait.

A la fin de l'après-midi, enfin, la pluie cessa, vite remplacée par un soleil insolent et qui voulait prendre revanche éclatante. La cour était en terre. Pauvre terre, elle avait fait comme un supplicié du Moyen-Age sur le chevalet : elle avait bu tant qu'elle avait pu. N'empêche. En dépit des ardeurs solaires, de vastes flaques marquaient les endroits où, pour des raisons de différence de niveau, elle mettrait plus longtemps à s'évaporer ou à s'absorber. Mon cousin Raoul eut une idée.

— Viens ! me dit-il, je t'emmène faire un tour en brouette !

Déjà, j'étais à la porte. Avec surprise, je le vis retrousser le bas de son pantalon. Il avait des gestes soigneux. Et des chaussettes claires. Puis, ignorant délibérément ma question muette, il me fit grimper dans la brouette :

— Où veux-tu aller ? Au Japon, à la Jamaïque, en Terre de Feu ?

Je ne sais pas quelle destination je lançai. A cause de grand-père ce devait être une Indochine peuplée de Pavillons noirs, ou, qui sait ? Les pampas des gauchos virtuoses du lasso. On appareilla tout de suite. Raoul forçait les machines, courant dans la cour, précédé par la brouette qu'il prenait plaisir à cahoter d'un bord à l'autre. J'avais délicieusement peur.

De temps à autre, il clamait les escales :

— Barhein ! La Terre de Feu ! Le Spitzberg ! Colombo ! Moscou !

Peu importait qu'il y eût ou non la mer. Et, soudain, on y entra. Ses pieds firent gicler des gerbes d'eau et la roue se mit à pousser un long gémissement humide. Je compris pourquoi il avait remonté le bas de son pantalon. On arriva vite au beau milieu de la flaque, et, là, sans autre forme de procès, Raoul posa les deux pieds de la brouette et me laissant à fleur d'eau me déclara :

— Voilà, Sissi... On est rendus... L'équipage se mutine... Il quitte le navire là où les fonds sont les plus vertigineux... Il te faudra rentrer à la nage...

Je ne parvenais pas à former un mot tant l'angoisse m'oppressait. Mes yeux imploraient. Impavide, Raoul s'éloigna. Il n'eut pas un regard pour l'infortuné naufragé. Il était déjà loin quand j'eus la force de l'appeler :

— Raoul !...

Il ne répondit pas.

— Raoul !...

Il ne se retourna pas.

Je hurlai :

— Raoul... Je ne sais pas nager !

Là non plus, il ne se retourna pas.

Et j'appris, ce jour-là, d'un coup, par une douche glacée, la solitude. Raoul ne l'avait pas voulu ainsi. Il s'amusait, Raoul, il faisait une niche. Une blague pas tout à fait innocente puisqu'il avait pris le soin préalable de retrousser le bas de ses pantalons, mais rien qu'une blague...

En ai-je connu, ensuite, dans ma vie d'homme, de ces gens, qui, à la différence de Raoul, n'avaient pas plaisanterie en tête, mais qui s'équipaient avant un bel appareillage de manière à ne pas se mouiller les vêtements, et qui, au milieu de l'eau, vous laissaient seuls sitôt que l'on entendait gronder l'orage...

C'est dire que les cours d'enfance, les brouettes, les grandes pluies, ont quelquefois, vertu de fable et comportent leur moralité.

* * *

Il m'apprenait les étoiles...

Je suis sûr de vous avoir déjà parlé de mon grand-père. Il est le pâtre de mes verts pâturages et, sans nul doute, l'être au monde qui m'occupe l'esprit depuis le plus longtemps. Mon autre aïeul, côté paternel, était mort à ma naissance. Je ne l'ai jamais connu. Sa veuve, austère et ridée, était ma mémée et, quand nous sommes montés à Paris, elle nous y a accompagnés. C'est elle qui tenait le minuscule magasin de papeterie et journaux, rue du Cardinal-Lemoine, que mon père avait loué afin de payer, grâce aux recettes, le petit appartement que nous habitions au-dessus. De là, chaque nuit, il partait aux Halles avec maman.

Mon grand-père était natif, je crois, de Guignes-Rabutin. En tout cas, d'un village proche de Tonnerre ou d'Avallon où il a, longtemps, gardé un frère, menuisier. De toute mon ascendance, il était le seul gaulois. Teint clair, yeux bleus, cheveux blond pâle, que l'âge avait rendus d'un blanc immaculé. De la vieille France artisanale et rurale, il avait conservé le sens de la mesure avec, pourtant, quelque chose de plus, qui ressemblait à du rêve éveillé. Il parlait peu. Son frère, pas plus. Je me souviens, vaguement, avoir passé quelques vacances, assez brèves, chez l'homme de Guignes-Rabutin. La bourgade tenait son nom des champs de cerisiers qui l'entouraient. J'en garde une impression de quiétude et de lenteur. L'oncle, vêtu de velours côtelé, avec des pattes à la ceinture pour contenir le marteau ou la lime, avait d'énormes moustaches. J'en suis sûr à cause des vermicelles qui y restaient collés les soirs de potage. Comme le menuisier « faisait champoreau » et versait du vin rouge dans son bouillon, je m'inventais qu'il trempait la soupe avec du sang. Or, il était bon comme le vrai pain et il sentait la sciure et le vernis. C'est toujours à lui que je pense lorsque j'entends la voix éraillée de Céline dans l'enregistrement de l'une de ses dernières interviews. Comme on l'interroge sur le style, il y répond que c'est difficile d'écrire, que ça fait mal, que ça brûle les doigts à la manière d'un tampon de coton trempé dans de l'enduit à meubles et qu'il faut frotter longtemps à s'en user les ongles et la chair. L'oncle de Guignes avait ces mains-là et aussi cette exigence. Sans savoir au juste pourquoi, j'ai l'image de *caillé*, fromage blanc frais, qu'on faisait égoutter dans des moules de fer-blanc perforé et dont il me persuadait, le matin, quand nous partions, tous deux, pour l'établi, de boire le liquide recueilli, dessous, dans une jatte. C'était suret, rafraîchissant et ça me grisait tout en me dégoûtant un peu.

Mais j'en reviens à grand-père. *Mon* grand-père, j'ai le plus grand mal, convenons-en, à parler de lui. Il m'appartient trop. Je l'ai si souvent magnifié dans ma tête depuis un demi-siècle, pour l'exposer, ensuite, volontiers à la curiosité publique. Et, pourtant, si je ne raconte pas mon grand-père, autant dire que je n'ai pas eu d'enfance.

Je lui dois tout ce à quoi je crois. Notamment ceci : un homme, finalement, se définit par les deux ou trois saloperies qu'en aucune circonstance il ne fera. Voilà bien la frontière. Il y a ceux qui se tiennent en deçà et ceux qui la franchissent. Par exemple, du plus loin que je me souvienne, mon grand-père m'a appris qu'on ne devait jamais dénoncer personne, fût-ce un malfaiteur, fût-ce un assassin. De même, on ne juge pas autrui. Quoi qu'il ait fait. On intervient seulement, non pour châtier le coupable, mais pour protéger les autres, et à son seul risque. J'ai dit que j'étais poltron dans mon enfance. Il ne l'admettait pas. J'étais, à ses yeux, un petit prince. Comme un fils de roi ne saurait être qu'un chevalier, il fermait les yeux sur ma faiblesse. Mais, loin de la cultiver, il procédait par parabole pour me la faire détester. Peu loquace, il se montrait, sitôt qu'il entreprenait de raconter, d'une exactitude et d'un soin exemplaires. Il s'exprimait d'une voix douce et posée et veillait à ne pas orner son discours.

Jamais de ma vie, je n'ai autant frémi qu'au récit de son opération pendant la campagne du Tonkin.

   Il avait été blessé dans la région du foie et le chirurgien de marine, accablé de moribonds, n'avait guère le temps d'épargner ses patients. Il les charcutait à vif. Et pour cautériser, il avait plongé une éponge dans une cuvette de vinaigre, avait conseillé à mon grand-père de serrer les dents et avait pressé l'éponge sur la blessure saignante.

— A quoi aurait-il servi de crier?
concluait mon grand-père. Un cri n'a jamais empêché une douleur. Et il fallait penser aux autres, qui attendaient leur tour. J'ai su, beaucoup plus tard, et, hélas, après sa mort, d'où il tenait son mépris de la délation sous toutes ses formes. Il avait été élevé chez un oncle, très riche, qui était propriétaire de grands magasins à Paris et qui habitait à Gretz, près d'Armainvilliers, à l'est de la capitale. Un jour que nous passions là, en voiture, ma mère m'a montré un long mur d'enceinte et une grille ouvrant sur une superbe maison :

— C'était là.

Dans mon esprit, cette demeure et son parc se sont ensuite confondus avec la propriété des frères Pereire, et où Clément Ader a fait, pour la première fois au monde, décoller un avion. Elles devaient être voisines.

Mon aïeul, donc, vivait là sur un grand pied, auprès d'une jeune cousine, fille de son bienfaiteur et dont, j'imagine, on avait en tête de faire, plus tard, sa femme. Et un jour...

On croirait un chapitre de Dickens. Un livre précieux disparaît de la bibliothèque. On accuse mon grand-père. Il proteste de son innocence. Peine perdue. Tout l'accuse. Il était seul au château. Il adore lire. On le punit. Privé de dessert, il est enfermé au grenier pour y passer la nuit. Il s'en évade et on ne le revoit plus. Il n'a pas quatorze ans. Il a marché jusqu'à un port de la Manche ou de l'Atlantique, où, mentant sur son âge, il se fait embarquer comme mousse. A l'époque, l'apprentissage est rude. Il ne s'en plaint pas.

A Gretz, c'est l'affolement. La petite cousine avoue la vérité : c'est elle qui a dérobé le livre. Mon grand-père le savait mais il s'est tu. L'oncle est effondré. Tout est de sa faute. Il remue ciel et terre. Plusieurs mois sont nécessaires avant qu'il ne remette la main sur le fugueur. A Colombo, à Shangaï ou à Beyrouth, le mousse est appelé par son commandant qui a une lettre à lui remettre. Non seulement, l'oncle pardonne mais il se repent. Il offre à son neveu de revenir, à ses frais, au château et d'y reprendre sa place. Mon grand-père déchire enveloppe et missive. Il continuera de naviguer. Il ne donnera signe de vie au parent injuste et honteux que des années plus tard, pour lui annoncer la naissance de sa fille aînée, ma mère.

Mon grand-père avait l'habitude de me prendre la

main. Moi qui détestais qu'on me touche et échappais aux embrassades des amies de ma mère, je me livrais, corps et âme, aux promenades qu'il me proposait. Sa main tenant la mienne, je l'aurais suivi au bout du monde. Il m'y menait d'ailleurs. C'est le moment dont je parlais : celui du rêve éveillé. Grand-père parfois, et sans que rien ne le laisse prévoir l'instant d'avant, délirait à voix tranquille. Son grand pré imaginaire était le cosmos. Il le connaissait sur le bout du Flammarion illustré. Les galaxies n'avaient nul secret pour lui. En avons-nous traversé des queues de comète, en avons-nous tété, ensemble, des voies lactées ! Il ne me regardait guère. Il parlait, sans vérifier sur mon visage l'effet de ses mots. Moi, aussi, j'évitais de me tourner vers lui. A quoi bon les yeux ? Nos mains complices étaient autrement bavardes.

Une à une, il m'a appris les planètes et les étoiles. Très vite, j'ai su, comme lui, les reconnaître et les appeler par leur nom. Mais c'était là, menue monnaie de nos vagabondages. L'essentiel était dans ce que nous disions, lui et moi, aux autres mondes, habités ou non, et qui avait pour unique objet de nous confier l'un à l'autre ce que nos pudeurs nous auraient interdit de nous dire. Nous avons été longtemps, lui, le patriarche et moi, l'enfant, de grands volubiles qui semblaient ne jamais se parler.

Et, quand nous rentrions de nos promenades, en même temps que nos mains se quittaient, le vocabu-

laire quotidien reprenait, entre nous, son rôle modique :
— Bonne nuit, grand-père.
— Bonne nuit, Marcel.
Lui ne m'appelait ni Jullian ni Sissi, mais Marcel. Autre façon de nous isoler, tous deux, du reste de la famille. Un soir, il me désigna un astre plus brillant que les autres.
— Ne l'oublie pas : c'est ton étoile. Elle te conduira, un jour, au sommet. Tu seras président de la République.
Grand-père avait d'autant plus de mérite à me promettre ce destin hors mesure qu'il était formellement monarchiste et sourcilleux quant à la légitimité !
Hors des escapades que j'ai dites, grand-père se faisait oublier. On ne l'entendait pas. On aurait dit qu'il ne déplaçait pas l'air et qu'il n'en consommait guère. Toujours impeccable, moustache brossée et cheveux de neige, il s'asseyait, puis, ayant rangé sa serviette dans le rond, il se levait :
— Où vas-tu ?
— Faire un tour...
Il prenait sa canne de jonc et son chapeau melon noir et s'en allait dans le soleil. Parfois, il revêtait une blouse grise et emportait la clef de la cave. C'était les jours d'établi. Comme son frère, il avait la main ouvrière. Son atelier souterrain était un modèle d'ordre et de propreté. Chaque outil avait

son clou sur un tableau collé au mur. Pour plus de sûreté, grand-père avait peint en blanc sur fond noir la silhouette de chaque clef, de chaque scie, de chaque tournevis. On ne pouvait pas ne pas remettre chaque chose à sa juste place. Mon grand-père était ainsi : libre en ses divagations et strict en ses travaux.

Dans une odeur de tomates...

Je la sais de narine certaine. Pour mesurer le parfum de la *pomme d'amour* (c'est ainsi qu'on la nomme en Provence) il faut l'avoir respiré longtemps et à tous les âges de ce fruit : de vert acide à rouge intense. Je dis bien fruit, car c'en est un, à la différence du melon légume qu'on servait en dessert avec du sucre en poudre dans mon enfance. Les *voyages* (les chargements complets d'une charrette) de tomates se succédaient dans le hangar de mon père où les paysans, marché conclu, venaient livrer. On déchargeait les banastes sur les banques tendues de toile à sac doublées sur coussin de frisure. Et, aussitôt, l'odeur montait. Elle était si forte qu'on aurait cru sentir, sous la dent, les pépins du fruit. A ce stade de la maturité (on les expédie « tournantes », plus vertes que rouges), les tomates sont charpentées, dures, lisses, et, si on les ouvre, à demi creuses, avec les côtes intérieures fermes et bien séparées. L'odeur est forte, agricole et saine. Puis, à l'arrière-saison, l'alchimie du soleil aidant, elles deviennent incarnat, vermeil, carmin ou garance.

Prêtes à éclater, impropres à l'expédition, réservées à la confiturerie ou à la consommation locale, elles exhalent un arôme suret et lourd, qui fait entendre un bruit d'abeille.

Du fait de ma mère qui affirmait en avoir la phobie, on n'en servait jamais à table. Du moins sous leur forme reconnaissable, et il m'a fallu attendre longtemps pour en avoir dans mon assiette. Maman refusait même de toucher le plat ou les couverts qui avaient eu un contact, fût-il furtif, avec le fruit de sa malédiction.

Arrêté par les Allemands en 1944 et jeté en prison, j'en garde, au cours de la seconde nuit dans ma cave à soupirail, le souvenir éperdu *d'une tomate,* qu'un passant courageux et anonyme m'avait lancée à travers les barreaux. Pas lancée, écrasée plutôt car elle ne parvenait pas à passer par la grille. Aussitôt l'odeur est venue. J'ai levé la tête dans les ténèbres, ouvert la bouche et reçu la pluie de pomme d'amour sur le visage. Avec elle, toute l'enfance ressurgie.

Qui dit fruit, dit eau.

« *Eici,* affirment les Châteaurenardais, *l'aigo es d'or.* »

Et c'est doublement vrai.

D'abord à cause de l'irrigation fécondante que nous avons dite, et, ensuite, par l'emploi, parfois illicite, qu'on en fait.

Sur le chemin menant à la gare de marchandises se dressait, autrefois, une fontaine dont certains expéditeurs faisaient, notamment à la pleine saison des épinards, fructueux et abusif usage. Le légume cher à Popeye est, fraîchement coupé, très friand d'eau. Emballé dans des cageots à claire-voie, il suffisait de l'abreuver avant de le mettre en wagon. On l'arrosait. Il buvait, on pesait ensuite le chargement à la bascule publique et on *vendait ainsi l'eau au prix de l'épinard.* C'était simple.

Certains, qui ne manquaient pas d'audace, allaient jusqu'à immobiliser la charrette, dans la gare même, sous le manchon d'eau pour la locomotive à vapeur et, quiètement, passaient leurs épinards à la douche. En cours de transport, les feuilles rendaient leur supplément d'eau et le destinataire parisien, bien que nanti d'une attestation de poids public, se trouvait fort marri de ne pas avoir son dû.

On crut longtemps que l'épinard « voyageait mal » et se desséchait en route jusqu'au jour où un Parisien, plus avisé que les autres, installa lui-même un lavoir à épinards à Bercy et fit, à l'arrivée, ce que les Châteaurenardais, depuis des lustres, faisaient au départ.

*
* *

L'eau, dans toute grande région agricole, est divinité. Avec l'eau, un désert peut devenir une Californie. C'est dire le rôle qu'elle joue dans les mentalités. J'ai le souvenir précis d'avoir été élevé entre deux cours d'eau, minuscules et tranquilles, dont l'un s'appelle le Réal et l'autre le Canal. Chez ma nourrice, Jeanne Barroyer, où j'allais passer mes vacances et où se situent mes images d'enfance indélébiles, l'un était au bout du jardin, le second, en face, de l'autre côté de la rue.

Le Réal et le Canal traversent tout Châteaurenard et, pour leur plus grande partie, ils sont couverts. On ne les retrouve, côte à côte et visibles, qu'après le marché, non loin de la fameuse statue de la Durance.

Le Réal m'épouvantait. A cause du chalet de nécessité qui y était installé, seule commodité de la maison de vacances et qui était séparé de trente ou quarante mètres du bâtiment. La nuit, Jeanne allumait l'ampoule de la cour et me disait :

— Fais vite ! Je t'attends !

Je passais d'abord près du poulailler endormi, puis, par un chemin entre les tomates et les tournesols, j'atteignais les bords du Réal. Je l'entendais bruisser et les roseaux, à voix haute, lui répondaient. Je poussais la porte grinçante, je m'enfermais dans les ténèbres. C'était le moment le plus dur. Épouvanté, je tenais le battant d'une main. Par l'as de carreau ménagé dans la paroi, je voyais le ciel.

Dessous, sous le siège, par le trou béant, le murmure régulier du courant glaçait les fesses et, bientôt, le cœur. Toutes les histoires, inventées exprès pour la peur, me revenaient alors en mémoire. La noyée aux yeux grands ouverts, des herbes tressées le long de ses jambes, le grand chien blanc au ventre ballonné, les poissons luisants et visqueux, les crapauds, et les surmulots... J'imaginais le pire et il me semblait ouïr, dehors, dans un bruit très proche de feuillage dérangé, le croquemitaine avec son grand sac dont on me menaçait lorsque je n'étais pas sage. J'en voulais aux adultes de me contraindre à aller seul, au Réal, la nuit... Je rentrais avec la méchanceté nouée au cœur...

**
* *

Je le sais seulement maintenant : le Réal n'est rien d'autre qu'une petite rivière, nommée l'Aiguillon, née dans un vaste lac, qui, voici encore quelques centaines d'années, occupait une partie du territoire des *Paluds de Noves*. On disait « la rivière claire et limpide ». Et c'est à Noves que le Réal se sépare de l'Aiguillon, traverse le « rocher percé », pour aller faire un détour par Châteaurenard, avant de poursuivre, ensuite, vers Eyragues...

Son cours est de quelque quarante kilomètres... Autrefois, sur ses rives, fleurissaient des moulins que je n'ai pas connus : moulins du pré, de la roque, de la carrière, de la fabrique de soie...

Son voisin d'en face se nomme le Canal. Lui est fait de main d'homme. Il fut creusé en 1785 et les travaux durèrent plusieurs années. Situé de l'autre côté de la rue, enjambé par des ponceaux métalliques, coulant sagement entre ses berges façonnées, il ne m'impressionnait guère. C'était un cours d'eau fonctionnaire. L'usine d'emballages y plongeait parfois des lattes de châtaignier avant de les ployer pour confectionner des banastes.

Toute l'activité de Châteaurenard se situe finalement, soit en amont, soit pendant, soit en aval des produits du sol. L'impression est saisissante. C'est vraiment une tribu qui tire sa subsistance de la terre nourricière qui l'entoure. Elle l'a quadrillée, bornée, entourée, protégée, fumée, irriguée, labourée, exploitée, elle l'a faite *sienne* : un Châteaurenardais en a pleine conscience et lorsqu'il la quitte, pour « monter à Paris », comme l'a fait mon père, quelque part, dans son esprit, il y a trahison.

A la vérité, c'est réflexe de cavare. J'explique : les Cavares sont des Ligures appartenant à la race des

Saliens (vous savez la loi Salique), qui, vers le IVe siècle, sont venus des Alpes, ont franchi la Durance, après avoir fondé Avenio (Avignon) et Cabellio (Cavaillon), et, vous l'imaginez bien, dans la foulée, Châteaurenard. Écoutez ce qu'écrivent nos deux érudits locaux sur les Cavares, précisément : « Vivant uniquement de pêche et de chasse, des fruits de quelques arbrisseaux ou plantes potagères, n'utilisant, comme moyen de communication, que des sentiers, ils occupaient généralement le sol sur lequel ils trouvaient leur nourriture. Ils ne cherchaient à s'étendre que tout autant que celle-ci pouvait leur faire défaut. »

C'est à ce réflexe que mon père a, un jour, obéi, et qui nous a tous conduits aux rives de Seine.

Au revoir, Château...

Ce fut notre ruée vers l'ouest à nous. Sauf que le train nous emmenait vers le nord. Moi, dont les souvenirs sont, de toujours, effilochés, j'ai bien en tête celui-là. Il nous exilait loin du soleil et des champs mais nous montions vers la Ville Lumière. J'avais dormi dans le filet. C'était l'usage. On ôtait ses chaussures et on grimpait dans l'emplacement ordinairement réservé aux bagages. Maman avait emporté des victuailles et j'ai encore aux lèvres la saveur juteuse de l'orange qu'elle m'avait pelée. Je suis sûr, aussi, d'avoir eu mal au cœur. A La Roche-Migennes, au petit matin violine et pluvieux, un chariot grinçait sur le quai tandis qu'un haut-parleur distillait les correspondances. On a bu du café au lait fumant dans des gobelets de carton.

Quitter Châteaurenard était un léger crève-cœur. L'enfant aime les habitudes. S'en éloigner, alors qu'elles sont si neuves, le déconcerte, l'inquiète. Mais j'avais autour de moi mon père, ma mère et mes deux sœurs et n'allions-nous pas conquérir le monde ? A Paris, tout me parut immense.

Les villes, surtout capitales, ne sont pas faites pour les hommes. Il suffit d'y être arrivé, enfant, pour s'en persuader à jamais. On pourra, ensuite, au fil des ans, en trichant un peu, en oubliant beaucoup, feindre de s'y être accommodé, c'est pieux mensonge. Devenir parisien, c'est admettre, tirer parti, se reconnaître membre d'une communauté majuscule qui, elle-même, se sait, avec le concours d'une administration jacobine et de trois cafés littéraires, le cerveau et le cœur de la nation. Mais, pour l'essentiel, on demeure de province. C'est-à-dire de lieux où l'homme n'est pas de trop dans son environnement. En témoignent les innombrables amicales qui perpétuent, dans la métropole inhumaine, les illusions perdues de Bretagne, d'Auvergne ou de

Provence. Mais, quand on débarque, surtout à six ans, on est, d'abord, transi.

Le premier souvenir, lui aussi, est capital.

Comme nous nous étions installés, tant bien que mal, rue du Cardinal-Lemoine, au-dessus d'une papeterie-dépôt de journaux que tenait ma grand-mère, mes parents eurent, d'emblée, souci de nous « faire aimer » Paris. C'était comme nous rapprocher d'une marâtre qui aurait eu des bijoux et des biens. On chargea grand-père — le mien, celui que j'aimais plus que tout au monde — de nous emmener à Versailles. Il était monarchiste — c'était donc plus un pèlerinage qu'une visite. Une photographie sépia et jaunie, l'une des rares que je possède de mon enfance, nous montre tous les quatre (mes deux sœurs étaient de la fête) devant le château, nous tenant par la main, de crainte, sans doute, de nous perdre. Jojo et Zézette arboraient de superbes chapeaux cloches. Moi, je ne pensais qu'à mourir pour Marie-Antoinette et je me sentais la ferveur, respectueusement amoureuse, du chevalier de Maison-Rouge. J'en avais d'autant plus de mérite, qu'à l'époque, j'étais loin d'en avoir fini avec la peur, vite éveillée en moi, qui a accompagné et quelque peu gâché mon enfance, jusqu'au jour où j'ai décidé, gravement, de lui tordre le cou.

Un provincial se doit de proclamer que la nourriture parisienne est la meilleure de France. « Il n'est bon bec que de Paris. » Papa était gourmand, voire gourmet. Il tint, dès notre arrivée, à nous conduire dans l'un des temples de la gastronomie capitale. Son haut lieu, auquel nous n'avons accédé que beaucoup plus tard, était la Rôtisserie Périgourdine, à l'angle de la place Saint-Michel. Il y avait là une sauce aux truffes qui, lorsqu'il en parlait, avait de quoi ébouriffer les papilles. Mais les gosses sont iconoclastes. La truffe, cet or noir si fréquent dans les chênaies voisines du Ventoux, n'était pour moi, par exemple, que maladie honteuse des racines. Je voyais à leur consommation émerveillée comme une preuve de perversité des sens. Donc, je ne regrettais pas la rôtisserie célèbre (c'est papa qui le prétendait).

N'importe, quand nous passions par là, la vue, au premier étage, des fenêtres arrondies à petits carreaux, toujours illuminées, me communiquait un sentiment de frustration et d'agacement. Le monde est ainsi fait qu'il se crée des divinités à sa mesure. Chaque groupe social a ses autels, qui vont du bistrot anonyme à la Tour d'Argent en passant par les bistrots de routiers, les gargotes, les bouchons et autres auberges à nappes rouges et blanches et petits abat-jours, et où on va, de préférence dominicalement, célébrer.

Pour papa, outre la Périgourdine, c'était le *Tout au Beurre*. L'établissement se trouvait sur les grands boulevards, non loin des brioches La Lune. Je l'ignorais alors mais n'ai pas tardé à l'apprendre. C'est là, à cet endroit exact où la chaussée monte un peu, que le baron de Batz avait imaginé, avec des comploteurs aussi hardis que lui, d'attaquer l'escorte conduisant l'infortunée Marie-Antoinette au supplice, de délivrer la Reine et de l'installer en sécurité, hors de France. L'affaire, malheureusement, fut éventée, et des dizaines de complices arrêtés dans la nuit. Ceux qui se retrouvèrent là, disséminés dans la foule, osèrent quand même le coup. On les guettait — on les prit. Quelques-uns se firent sabrer sur le marches d'une église voisine et le baron s'échappa par miracle. Mais je ne le savais pas. Mon seul souvenir de petit Châteaurenardais, en goguette, je le dois à l'odeur de bon beurre chaud qui émanait, précisément, des brioches La Lune dont l'enseigne, un croissant de lumière bleutée, attirait les regards.

Au Tout au Beurre affirmait celle du restaurant paternel. Je suis sûr que papa l'avait choisi, à l'origine, à cause de cette image de marque en forme de contrat commercial. Il pratiquait la religion du « chose promise, chose due » qui est l'un des fondements de l'acte de négoce. Donc, il aimait s'asseoir, devant une nappe blanche, entouré de sa famille, en un lieu où, à la limite, on pourrait, au moindre manquement, requérir la présence d'un huissier et faire constater que le beurre était margarine.

Papa, au *Tout au Beurre,* n'était pas seulement un client mais un officier ministériel. Et, à l'idée de faire plaisir à maman et de nous épater, il jubilait. Venu en éclaireur à Paris quelques semaines avant nous pour trouver son magasin de commissionnaire en fruits et primeurs de la rue Berger, il jouait volontiers au vieux Parisien. Les restaurants, merci... il connaissait.

Nous, c'étaient les tables, rangées comme à la parade, les lumières, les garçons empressés, le vacarme qui nous impressionnaient. Et la carte.

Interminable et pas toujours déchiffrable et qui provoquait nos interrogations. On mangeait d'abord avec les oreilles. Le maître d'hôtel, corbeau noir, crayon et bloc en mains, attendait notre commande. Il y avait déjà du pain frais et le fameux beurre sur la table. Vous allez rire, mais, à Château, on cuisinait tout à l'huile. Le beurre était luxe de nabab. On n'en consommait qu'au petit déjeuner matinal, puis, ensuite, on le rangeait et, de la journée, on ne le voyait plus.

Pour nous montrer qu'il ne s'en laissait pas remontrer, précisément, papa n'hésitait pas à interrompre le maître d'hôtel lancé dans son explication et qui nous parlait de légumes *déglacés,* ce qui m'avait fait croire qu'on les conservait, bêtement, dans de la glace. Il interrogeait :

— C'est cuit au beurre ?

Juste pour permettre à son interlocuteur de prendre un air outragé, de réprimer un haut-le-cœur, et d'affirmer, avec un ton de reproche indubitable :

— Vous avez vu l'enseigne ? Ici, tout est au beurre, Monsieur.

Papa s'en regorgeait de satisfaction.

C'est ainsi qu'un restaurant, qui a survécu bon nombre d'années, mais qui, depuis, a, je crois, disparu, a été — dans mes souvenirs — le premier temple de nos plaisirs parisiens.

2ᵉ PARTIE

Le Pays de Vacances

IL NE POUVAIT RIEN arriver de mieux à mes souvenirs d'enfance : ils sont devenus, tout de suite, du fait de notre exil familial à Paris, des souvenirs de vacances.

Je ne me souviens pour ainsi dire pas de la rue du Cardinal-Lemoine où nous nous sommes installés dès notre arrivée dans la capitale. Je l'ai appris depuis, par ma sœur Jo, mon père n'avait pas élu domicile au-dessus d'une papeterie-journaux par souci d'économies et afin que le petit commerce paie le loyer de l'appartement, mais parce qu'il n'avait rien trouvé d'autre pour nous loger. Il paraît même que ma mère, restée avec nous à Châteaurenard, s'impatientait. Un jour, n'y tenant plus, elle avait câblé : « nous arrivons tel jour à telle heure gare de Lyon ». Oui, NOUS arrivons, car, bien résolue à mettre le maçon au pied du mur, elle débarquait avec armes et bagages, c'est-à-dire avec toute la marmaille.

Voilà comment nous nous sommes trouvés habiter dans le cinquième arrondissement. J'en conserve une impression unique mais précise : la façon dont j'avais appris, comme mes deux sœurs, à plier les journaux afin d'aider grand-mère dans son travail. On les recevait tôt le matin, sentant l'encre comme le croissant sent la pâte et le beurre et on les pliait, me semble-t-il, en trois ou en quatre dans le sens de la hauteur et, ensuite, en deux, dans celui de la largeur. C'est sous cette présentation qu'ils étaient exposés, vendus ou disposés devant les portes.

De la rue du Cardinal-Lemoine, nous avions déménagé pour la rue de l'Église à Neuilly-sur-Seine. La difficulté à se loger était demeurée la même car on dut se résoudre à troquer un appartement pour un plus grand et un négoce pour un autre. Là, il s'agissait d'une épicerie fine. J'ai écrit quelque part que c'était trésor de Golconde. Seul Mac Orlan m'a fourni, beaucoup plus tard, la transcription littéraire de mes émotions enfantines dues à ce poétique commerce. J'explique. La boutique portant enseigne « A l'Olivier de Nice » jouxtait une cour qui ouvrait, par une haute grille, sur la rue. Au n° 10. J'y suis passé encore l'an dernier et rien n'avait changé. Derrière le magasin, une resserre, puis la salle à manger. Elle donnait de plain-pied sur la fameuse cour. J'en suis d'autant plus sûr que c'est de l'une des fenêtres de cette salle à manger que nous avons vu la boule de feu.

Une fois encore, nous prenions le petit déjeuner, Jojo, Zézette et moi, sans doute avant de partir pour l'école. Il y a eu un éclair subit et violent, suivi d'un vacarme épouvantable et on a vu rouler la boule. A vue d'enfant, elle devait mesurer un mètre de diamètre et elle rougeoyait. On aurait dit un monstre fou qu'on aurait flambé. La boule se frayait un chemin, droit devant elle, à une vitesse qui nous parut vertigineuse. Elle disparut au fond de la cour. Par quel escalier ? Vers quelle cave ?

Mais je n'ai parlé de la boule que pour bien situer la maison. Au-dessus du magasin lui-même, il y avait une terrasse. Sur son côté gauche, elle était limitée par le mur, aveugle, de la maison voisine. Mais, sur ce mur, des baguettes de bois incurvées reproduisaient la perspective d'une tonnelle à la Watteau. Je me souviens que nous étions tous tombés d'accord pour trouver cela à la fois distingué et charmant. J'en viens à l'épicerie elle-même.

Un musée Grévin de victuailles

Maudits soient les self-services, les hypermarchés et les grandes surfaces. Chaque civilisation a les temples qu'elle mérite. Comparé à ces cathédrales du « pis aller et du n'importe quoi », l'« Olivier de Nice » était chapelle romane. Nous étions dans les années Trente. Le vin et l'huile, me semble-t-il, se débitaient encore à la pompe, branchée sur le tonneau lui-même. On avait un appareil à bouchonner. Les légumes secs : lentilles, haricots, fèves, pois cassés, se versaient en vrac, avec une pelle métallique, dans des sachets. Le beurre, sauf une marque qui devait s'appeler « Sadac », se coupait encore au fil et il y avait une motte différente selon les provenances et suivant qu'il était salé, demi-sel ou naturel. Mais que dire du café ? On le recevait en sacs, vert. Et on le torréfiait. Dehors, à partir du printemps ; dans l'arrière-boutique à la mauvaise saison et, finalement, le plus souvent possible à l'extérieur. La raison en était simple : l'odeur de café grillé porte loin et constitue la meilleure réclame imaginable. Les brûleries, conservées ou réouvertes dans les quartiers à références culinaires en témoignent aujourd'hui. L'opération se faisait dans un tambour métallique percé de trous et les grains, mélangés par le mouvement circulaire de l'instrument autour de son axe, rôtissaient en passant au-dessus d'une rampe à gaz.

C'est grand-mère qui officiait. Elle s'entendait à ses mixtures. Selon les clientes, elle ajoutait ou retranchait de l'arabica ou interrompait plus tôt la torréfaction au profit de celles d'entre elles qui désiraient du café blond, peu cuit en quelque sorte. Comme on remplissait, ensuite, des sachets d'une livre ou d'un quart, l'odeur mettait longtemps à se dissiper. Elle dominait la boutique.

Des halles de Paris, les parents ramenaient chaque midi, dans leur voiture, quelques cageots de fruits ou de primeurs, sélectionnés avec soin et promis à une pratique gourmande. Les premières cerises, les asperges nouvelles et les agrumes de Jaffa ou les pommes d'Amérique venaient comme d'elles-mêmes, à l'« Olivier de Nice » et, de là, dans nos assiettes à dessert.

 Ce sont tous ces arômes qui, le soir tombé, l'électricité éteinte, se combinaient sur les rayons, dans les casiers, les tiroirs ou les fûts. J'imaginais, grâce à eux, des voyages aux antipodes. Le safran, la cannelle, le réglisse, l'anis et la menthe, la senteur lourde de l'huile d'olive, la violence du cacao en poudre se livraient des assauts capiteux. Il m'arrivait de vaincre ma peur et d'y aller lorsque tout le monde dormait. Au passage, sacrifiant à ma passion de collectionneur pour l'album des « Merveilles de la Nature » de Nestlé, m'arrivait-il encore parfois d'extraire une plaquette de chocolat au lait de son emballage pour échanger une image que j'avais en double contre une inédite et de refermer le tout tant bien que mal, mais c'est par les narines que je venais déguster le Saint Empire lointain et exotique des Épices. J'inventais que les produits, tels des esclaves noirs libérés de leurs chaînes, sortaient des boîtes, des bouteilles, des paniers, des sacs, pour repartir, chacun de son côté, vers leurs terres d'origine. Le miel revenait aux fleurs, l'huile aux oliviers, le vin aux grappes, le café à sa cosse et tout cela créait, dans la boutique, un hourvari insulaire, un haut marché persan, un port à Saint-Domingue, un comptoir à Karikal, une plantation en Virginie. J'embarquais sur les galères des marchands et l'air sentait, soudain, la saumure, le tabac de La Havane et le rhum sucré de la Jamaïque. Je souhaite à chaque enfant de vivre des moments de nuit magiques, comme moi lorsque l'épicerie se transformait, à mon seul profit, en musée Grévin de victuailles soudain réveillées.

Les mois d'hiver me tenaient, à Neuilly, loin de Châteaurenard. Mis à part les lettres de Jeanne Barroyer, le pays natal n'intervenait plus que par ses produits, mais quels ambassadeurs extraordinaires !

J'ai dit les kakis. Il y avait aussi les jujubes. Nous n'avons jamais eu de Noël sans eux à cette époque. Je me demande qui connaît ces fruits et en a mangé. On dirait des olives, mais, lorsqu'ils sont mûrs, ils se rident comme de vieilles pommes reinettes et leur peau, couleur de hanneton, se plisse et s'effondre. C'est là qu'ils sont les meilleurs et les plus doux. Lorsqu'ils ne sont pas blets, ils ont un goût trop vert. Je crois bien qu'on en fait des pâtes, pectorales ou non, en pharmacie. On en recevait toujours un bon kilo de Châteaurenard. De même pour le raisin d'hiver — clairette ou admirable — cueilli branché, c'est-à-dire avec son bout de cep de vigne qui en assure la conservation, pendu dans un grenier. Et les nougats de Montélimar, et les calissons d'Aix, et la pâte de coings familiale, et les melons d'eau si rafraîchissants quand il neige...

Il faut avoir la franchise de l'écrire : les souvenirs d'enfance les plus tenaces se rattachent aux cinq sens. Ce n'est qu'avec l'adolescence qu'on se met à confondre sentiment et sensation. Avant, on sait ce dont on parle : c'est ce qu'on touche, qu'on goûte, qu'on entend, qu'on voit. La mémoire de mes huit ans se trouve davantage dans l'inventaire de l'« Olivier de Nice » que dans le plan, détaillé, de Neuilly-sur-Seine.

Une petite voisine d'en face qui a de beaux yeux

En face de l'« Olivier de Nice », il y avait un serrurier. La vérité m'oblige à dire que l'apprenti qui y travaillait — ne s'appelait-il pas Roger ou Robert ? — intéressait beaucoup Zézette qui atteignait cet âge où, aux dires de l'oncle Ginoux, le félibre, « Toutes les chattes aiment les drôles. » Bref, Zézette le fréquentait. En Provence, c'est ainsi qu'on dit. Moi, à l'époque, je n'étais attiré que par le découpage. J'aurais donné n'importe quoi (d'ailleurs je n'avais rien d'autre) pour une planche en couleurs sur les brancardiers à Verdun ou les Uhlans en Alsace, voire les Gaulois à Alésia. Il fallait contourner les profils coloriés et, d'une paire de ciseaux habiles, faire surgir les bataillons de soldats qu'on maintenait debout par une pliure leur formant un socle. Je pense à ces planches avec une honte assez délicieuse. Il se pourrait bien, en fin de compte, qu'elles aient été les instruments modiques d'un odieux chantage auquel je me livrais sans vergogne à cette époque.

Grand-mère nous emmenait régulièrement au cinéma, passé le pont de Neuilly proche, dans une salle de Levallois qui donnait des films à épisodes. Je vois encore « La Maison de la Flèche » avec Léon Chaney qui, à la fin de chaque séance, donnait rendez-vous pour la semaine suivante, si l'on désirait connaître la suite. Un épilogue m'avait particulièrement marqué. On voyait le bandit désignant à la jeune héroïne captive la main d'un cadavre dépassant d'une armoire à glace tout en s'écriant :

— Regarde ce que j'ai fait de celui que tu aimes ! Il est mort !

On rentrait en tremblant, muets encore de saisissement, grand-mère, Zézette, Jojo et moi par l'avenue de Neuilly enténébrée. Le jeudi suivant, la main du mort se refermait sur le poignet du bandit et le jeune détective, qui avait pris la place du défunt, passait les menottes à l'assassin. Il ne restait plus à la jeune fille qu'à tomber dans ses bras mais cela prenait tout un épisode.

Je me souviens aussi du « Marchand de sable » avec Jean Toulout. Le film s'achevait sur un enterré vif, dont seule la main crispée s'agitait un peu, puis s'immobilisait dans le désert parcouru de vent.

C'est drôle. On était encore des enfants et on regardait cela, certes avec une émotion violente — je l'ai dit — mais sans que cela intervînt, de façon sérieuse, dans notre réalité. C'était du Cinéma. L'horreur était parfaitement admise par notre imaginaire. On y prenait même un plaisir trouble et tenace. De même pour nos lectures. Les miennes allaient de *Zig et Puce* aux *Pieds Nickelés* en passant par *Texas Jack,* le cow-boy invincible. Dans les albums, il n'était pas rare que *Bibi Fricotin* — ou était-ce *Bicot ?* — attachât des Chinois par leurs nattes pendant leur sommeil afin que, réveillés ensuite en sursaut, ils s'arrachent littéralement les cheveux en partant dans des directions opposées. De même pour les plaques d'égouts ouvertes devant les aveugles à canne blanche. Quant à *Texas Jack,* qu'il me suffise de préciser sa spécialité : il énucléait les Indiens en combat singulier. On montrait même, dessin à l'appui, comment il s'y prenait en pesant sous le globe oculaire pour le faire jaillir de l'orbite et, ensuite, à l'aide d'un court poignard, pour couper le nerf optique de son rival. C'était affreux. On frissonnait mais je ne sache pas qu'un seul de mes condisciples ait éborgné un de ses camarades de jeux à cause de ses lectures.

Pourquoi avais-je parlé des planches de soldats ? J'y viens. Elles me servaient de monnaie d'échange et savez-vous pourquoi ? Pour acheter mon silence. On me recommandait de ne pas dire que Roger ou Robert venait nous rejoindre au cinéma de Levallois et s'asseyait à côté de Zézette. Notez qu'on était bien contents de l'avoir avec nous, Roger, quand on rentrait après avoir vu toutes ces horreurs ! Mais je feignais l'innocence. Mieux, j'annonçais que je rapporterais à Papa l'histoire que Roger avait racontée à l'entracte. Aussitôt c'étaient des cris, des menaces et des supplications.

— Non, tais-toi... C'est grand-mère qui se fera gronder et on ne nous laissera plus aller au cinéma...

Sans trop savoir pourquoi, je trouvais injuste que le souci de la vertu de ma sœur nous coûte notre sortie hebdomadaire. Je rechignais. Je faisais la tête. Bref, on m'achetait une planche de soldats. Certaines fois, en m'y prenant bien, j'en obtenais deux. Tout cela, on s'en doute, devait se terminer mal. Zézette était amoureuse. Résultat : tout ce qui avait trait aux fermetures des portes était détraqué dans la maison. Papa s'en étonnait. Maman commençait à comprendre. Au début, on appelait le serrurier d'en face et Robert d'arriver. A la fin, il y eut une explication sévère d'où mon âge me tint absent et jamais on ne retourna au ciné de Levallois. Pis ! Grand-mère quitta la rue de l'Église et alla vivre seule.

Moi, j'allais consciencieusement à l'école et au catéchisme. La foi, je l'ai eue de tout temps mais, à Neuilly, elle était carrément encombrante. Pour les autres comme pour moi ! Je portais, tranquille mais visible, ma croyance comme la mèche d'une lampe. Jamais de ma vie je ne me suis aussi senti à l'aise qu'alors. Je préparais ma communion solennelle avec une ferveur presque athlétique. Premier en instruction religieuse, j'étais tenu pour le préféré de l'aumônier, l'abbé Dumas, qui était venu voir ma mère afin de l'inciter à m'inscrire chez les Louveteaux. Avec le recul du temps, je pense que je l'inquiétais un peu. Il devait craindre que tant de quiète certitude fût l'indiscutable stigmate d'une âme secrètement tourmentée. Mes attitudes et mes déclarations n'avaient rien moins que de rassurant. Je voulais être missionnaire, soigner les lépreux et, avec un peu de chance, être massacré comme le père de Foucauld. Xavier de Fontgallant et Louise de Bettignies étaient mes compagnons de lecture édifiante et ma mère m'avait consacré à Jeanne d'Arc, vierge guerrière, dont je portais la médaille au cou.

Elle m'avait même procuré, ma mère, un bronze de la Pucelle. A cheval, et en cuirasse, comme à Orléans. D'habitude, dans cette tenue martiale, elle se tient droite et tranquille — même sur la statue de la place des Pyramides devant laquelle on va défiler. La mienne, c'était tout le contraire : on aurait dit que cavalière et monture étaient habitées de vent. Le cheval caracolait, toute crinière hérissée. Jeanne n'avait pas de casque et ses longs cheveux blonds flottaient rageusement, derrière elle. Que dire de son étendard ! Haut planté, il s'enroulait sur lui-même, tout éployé, et on croyait l'entendre claquer.

C'est cette image-là que j'avais de la religion. Elle consistait, pour moi, à venir en aide aux malheureux et à châtier, en n'y allant pas de main morte, les méchants. On le voit, j'étais pur — disons le mot : j'étais con.

Au patronnage, une jeune demoiselle aux yeux de lagon, que j'imaginais très pieuse et sage et qui — elle me l'a confié depuis — l'était un peu moins que moi, — qui l'était dangereusement — me paraissait un ange descendu sur terre. J'osais à peine la regarder. Ni le jour de la communion privée où nous étions tous rangés sur les marches de Saint-Jean-Baptiste, en aube blanche, une palme à la main ; ni pour la communion solennelle où elle ressemblait à une mariée trop hâtive, comme un fruit primeur de Casteu-Reinard. J'avais tort. Elle s'appelait Simone Roussel, mais c'était, déjà, Michèle Morgan.

Ma guérison miraculeuse

La communion solennelle revêtait, à mes yeux, une importance égale à son qualificatif. Avec elle, j'entrais, de ma volonté, dans le royaume de Jésus. Le baptême, je le devais à ma famille. Là, c'était, du moins le croyais-je, de mon fait. J'y pensais tant que j'en tombais malade. J'étais sujet à deux ennuis quasi-endémiques : la conjonctivite et la furonculose. Ma mère soignait la première par des bains de tisane de bleuets tièdes qui permettaient, le matin, de me rendre la vue en décollant mes paupières scellées. La furonculose, c'était une autre histoire. Une véritable plaie. Elle m'envahissait à la moindre fatigue ou à la plus petite contrariété. J'en avais peur avant et honte pendant. Le pus était ennemi intime. J'y voyais une malédiction divine, et je cherchais quel péché Jésus pouvait bien me faire expier.

A quelques jours de la communion solennelle, un abcès se forma sous mon genou. Il se développa à une vitesse diabolique si bien que les teintures d'iode et les pommades habituelles ayant échoué, le mal s'aggravant, on appela le médecin. En voyant ma jambe, qu'on me faisait lever haut sur le dossier d'une chaise afin qu'il puisse m'examiner par-dessous, il décida d'opérer tout de suite.

On apporta une bassine. Je vois encore son bistouri et l'étrange écarteur métallique qu'il introduisit dans l'incision. C'était du sang, mauvais et sale, qui giclait dans le récipient. J'en avais le cœur levé.

L'intervention achevée, il saupoudra la blessure et on m'emmaillota le genou avec une longue bande Velpeau.

— Je reviendrai demain. Il faudra sûrement l'hospitaliser.

Ah! ce regard des médecins de quartiers, élevés par la crédulité publique au titre de médecins de famille, regard qui, baigné de compassion, n'en est pas moins empreint de sérénité :

— Qu'est-ce-qui t'a pris d'attraper une cochonnerie pareille ?

Ils replient leurs outils dans leur trousse noire et, sur un dernier soupir et une ultime connivence avec la mère, repartent vers un autre foyer contaminé. D'habitude, douillet de nature et volontiers épouvanté, j'aurais joué le cataclysme :

— Maman ? Ils ne vont pas me couper la jambe ?

Là, non. Le nimbe doré qui ceint le front des saintes images, était au mien et la sérénité des bienheureux, me rendait translucide. J'annonçai à ma mère :

— Demain, ils ne m'emmèneront pas à l'hôpital. Je serai guéri.

Je ne frimais pas. J'étais sûr. Jésus me l'avait dit à l'oreille. J'avais un rendez-vous avec lui dans l'hostie, en costume Eton, avec un brassard blanc et un cierge. On n'allait pas rater ça, lui et moi... Cette nuit-là, je dormis comme un ange. La foi du charbonnier ça existe. Au matin, je posai le pied par terre sans la moindre gêne. Ma mère, un peu émue par tant de naïve certitude, crut bon de me rassurer :

— L'abbé Dumas est passé. Il m'a dit que si tu n'étais pas guéri dimanche, il te ferait, pour toi tout seul, ta communion solennelle quand tu seras debout...

Debout, je l'étais. Je descendis au rez-de-chaussée où le médecin m'attendait. Dès mon entrée, j'annonçai :

— Je n'ai plus rien.

Il haussa ses savantes épaules et eut un sourire contraint :

— Nous allons voir ça.

Et il entreprit de défaire les épingles à nourrice de mon pansement et de dérouler la bande. Quand il en fut à la gaze, il prit des précautions pour la décoller. J'étais parfaitement à l'aise. Elle vint toute seule et, dessous, je le jure, il n'y avait *rien*, strictement rien, pas la moindre trace de l'intervention de la veille, pas la moindre turgescence, pas la plus petite grosseur : une peau d'origine, semblable à tout ce qui l'entourait. C'était — j'en atteste devant l'histoire simple de ma vie — un authentique miracle.

Je suis donc allé, avec les autres, à ma communion solennelle, mais j'étais encore tout auréolé — on s'en doute — de la présence divine qui avait guéri mon genou. A l'arrivée devant l'église, on me remit le cierge. Il était gigantesque. Je le devais, en partie, à ma place de premier au catéchisme, et, plus sûrement, à l'obole versée par mes parents commerçants en gros et en détail. D'abord j'éprouvais un sentiment de gloire. La façade de l'église, devant moi, chavirait. Je n'entendais plus les cloches inlassables ni le hourvari des communiantes et de leurs mamans, ni les glapissements des garçons qui se poursuivaient dans leurs beaux costumes et se faisaient houspiller. J'étais Bayard avec son épée de lumière.

Et Jésus entra au plein de mon émerveillement.

— Tu n'as pas honte d'être fier ? me demanda-t-il. Ce cierge que tu tiens et qui dépasse tous les autres, il est fait de cire ni plus ni moins et si ton père était cantonnier, ton cierge aurait la même taille que ceux des petits chrétiens que j'appelle à moi aujourd'hui.

J'étais transi. Déjà, on nous appelait pour le cortège. L'abbé Dumas s'approchait de moi avec son sourire de miel :

— Allons, Marcel... viens... on n'attend plus que toi.

Je devais prendre la tête du cortège. Brusquement, cela me parut insupportable. Des paraboles caracolaient dans ma tête. Je me découvrais pharisien, fils de pharisiens, et tout cela devant la maison de Dieu. Je tendis le gigantesque cierge à l'abbé :

— Mon père... je ne suis pas digne de communier...

Le miel rancit tout de suite et ses yeux devinrent durs :

— Qu'est-ce qui te prend ? Tu es malade ?

— Non. Je suis en état de péché mortel.

L'abbé tangua dans sa soutane :

— Quel péché ?

— Le péché d'orgueil, mon père ; je viens d'être heureux d'avoir le plus beau cierge de tous. Je ne peux donc pas recevoir Jésus...

J'ai cru, vraiment, qu'il allait me confirmer avant la date :

— Petit imbécile, me jeta-t-il en m'attrapant par la main et en me tirant à la première place, tu vas cesser de te prendre pour un saint et venir communier comme tout le monde...

J'étais petit. Je suis entré docilement dans la nef,

marchant au même pas que la communiante première des filles, mon cierge à la main, la tête pleine d'orgue et sachant, d'un coup, et à jamais — ce qui n'est pas négligeable — le fossé qu'il y a entre vivre sa foi et pratiquer sa religion.

*\
* *

Vue de Paris, la vie de château...

Privilège de la distance, magie de l'éloignement : à l'approche de l'été, j'attendais le moment de retourner à Château. Autant, lorsque j'y vivais avec les parents, le diminutif me semblait trivial, autant de loin, il prenait une consonnance familiale.
— On va bientôt partir à Château...
Châteaurenard c'était, d'abord, Jeanne Barroyer. Elle est présente au carrefour de mon enfance et de mon adolescence comme une déesse noire qui m'aimait et que j'aimais. Mes sœurs s'accordaient à la trouver sévère, sinon mauvaise. Moi, non. Sans doute, avions-nous tous les trois raison. En moi, Jeanne — je l'appelais Nane — respectait le fils : Jullian. Elle me passait, *rudement*, tout. Aux autres et à elle-même, rien. C'est, en tout cas, l'image que je garde. Bien malin celui qui démêle, à l'automne, les saveurs des fruits verts. Ai-je magnifié Nane parce

que cela me faisait de plus beaux souvenirs ? L'ai-je placée sur un piedestal rugueux mais adorée parce qu'elle me traitait différemment de Jojo et de Zézette ? Au fond, qu'importe ? Le sillage compte plus que le bateau. Du moins à l'âge de la vie où je suis, *Nane* est vivante en moi, à ma façon, et la vraie est morte. On l'a mise en terre à Châteaurenard.

Quand j'y arrivais, j'étais conscient d'être un petit d'homme rentrant au bercail : Mowgli sur le rocher du Conseil. Je n'ai découvert la phrase d'Henri Lavedan que bien plus tard, dans « Les belles heures », où il rassemblait ses articles de la grande guerre. Il évoquait le permissionnaire de 14-18 se promenant dans Paris « comme un prince dans son jardin ». Eh ! bien Quartier Gentelin, aux tours, dans les arènes, aux allées, je déambulais, trouillard et glorieux, mais, en tout cas, je n'avais plus rien à voir avec l'écolier et communiant de Neuilly-sur-Seine. Tout simplement, j'étais *chez moi.*

Les vacances à Château étaient sages. Je couchais dans une chambre du premier étage au sommet d'un escalier dont la rampe était peinte en bleu. Du même bleu que celui du portail et des fenêtres de la remise. Sans doute un reste de peinture. Elle n'a pas changé. Et si vous passez, route de Noves, aujourd'hui, elle est toujours là, délavée mais fidèle. Elle ne cesse de me faire signe...

Le chien dormait au pied du lit. Il s'appelait Carfo et il était féroce. On s'en méfiait car il avait cruellement mordu l'enfant de *Babeu*, autrement dit Isabelle, la nièce de Jeanne. Moi, je pouvais tout lui faire, y compris lui ouvrir la gueule à deux mains pour y enfourner des graviers. Il grondait, et, miracle, tout impressionné que j'étais, je n'en avais pas peur. Il était à moi — comme j'étais à Jeanne — comme nous étions tous à Château. C'était simple. Les vérités sont rurales.

Ce dont je me souviens c'est d'une histoire à répétitions, de *banjo*. Pourquoi cet instrument de musique revêtait-il, alors, pour moi, un sortilège fortement teinté d'exotisme ? Mon père ou ma mère avaient dû en parler comme du *nec plus ultra* et il me semble bien qu'on m'avait offert, ou à l'une de mes sœurs, un orchestre miniature, en verre filé, où des nègres aux lèvres rouges immenses et aux yeux blancs jouaient, les uns du saxophone et les autres du *banjo*. J'en voulais un. On m'en avait montré dans les grands magasins d'Avignon, mais, immanquablement, on me refusait de les acheter.

— C'est trop cher..., m'avouait-on à la sortie, après avoir affirmé devant la vendeuse une contre-vérité confortable, du genre :

— Tu en as déjà un à Paris...,

ou :

— Tu sais bien que ton oncle veut t'en offrir un pour ta fête ! Faute d'avoir un vrai banjo, j'en confectionnais un avec la complicité d'Edmond. On allait, ensemble, acheter des cordes chez le marchand d'instruments de musique. C'était crève-cœur de voir, une fois encore, les véritables *banjos* avec leur tambourin rond et sonore et leur queue de bois verni et de métal lumineux. On faisait l'emplette de boyaux de chats. Et, sortis de là, on se rendait chez le buraliste et on lui soutirait une boîte vide de cigares de la Havane. Un trésor ! Ça sentait bon les îles et l'aventure et, en la décortiquant — car c'était le matériau de notre future boîte musicale — on y découvrait des bribes de tabac sous l'habillage de papier blanc. Le coffret s'ouvrait par un couvercle sur lequel était gravé, au feu, un ovale avec la marque des cigares et leur provenance. C'est cet ovale qu'il fallait découper. Il faisait alors communiquer avec l'âme de notre banjo. Ceci fait, on clouait le couvercle avec des petites pointes très fines et ceci après avoir pris soin d'échancrer l'un des petits côtés et d'y avoir fixé une planchette qui formait le manche. Restait encore à placer un petit morceau de bois cranté pour tenir les cordes loin du couvercle, et, au prix de quelques aménagements de détail, j'avais mon *banjo* !

La mort du félibre...

Au fil des pages, je ne cesse de la reporter, l'histoire de la mort de mon oncle félibre. Elle m'a tant marqué que je me demande si je ne l'ai pas déjà racontée dans ce livre même. S'il en était ainsi, cela ferait, avec celle que j'entreprends, *trois* versions. La première figurait dans *Délit de Vagabondages*, publié chez Grasset et où je racontais des souvenirs épars tels qu'ils me revenaient en mémoire. Quand le bouquin a paru, une mienne cousine, qui habite toujours le pays, m'a dit qu'on me reprochait d'avoir écrit qu'Antoine Ginoux (c'est bien de lui qu'il s'agit) était mort, superbement, certes, mais fin saoul. Il paraît qu'il ne l'était pas et je le regrette car le saut fatal lui aurait été plus onirique. J'explique. Il appartenait au félibrige. Et, pour la fête de celui-ci, sans doute était-ce pour la Sainte-Estelle, il avait coutume d'aller faire bombance, avec ses compagnons, au Pont du Gard. On connaît le site. Depuis que les manuels scolaires sont illustrés, il figure en bonne place dans l'iconographie. Rappelons qu'il s'agit d'un ouvrage à plusieurs étages qui relie une rive à l'autre et, par voie de conséquence, le pays nîmois au comté venaissin. A chaque extrémité du pont, monument romain par excellence, une auberge. Les deux se disputent la clientèle des poètes. Pour ne faire de peine à personne, la tradition commandait de prévoir *deux* repas. On commençait les ripailles chez l'un ; on allait, ensuite, les achever chez l'autre. La difficulté résidait donc dans la traversée, surtout si on décidait de passer par l'étage supérieur. Je l'ai fait souvent. Dans ma jeunesse, il était périlleux parce que nombre de dalles manquaient ou étaient disjointes. Il fallait éviter les trous et enjamber les failles. De plus, de là-haut, quand le soleil tapait et que les cigales, exaspérées par l'été, donnaient concert, l'impression de vertige était proche. On aurait dit, dans la stridence solaire, que le paysage tremblait. Bref, l'oncle est tombé. J'ai entendu dire que son fils Roger était là, au-dessous où la chaussée est plus large. Le poète a rebondi sur les pierres et il est allé se fracasser beaucoup plus bas sur les cailloux blancs... Peut-on imaginer meilleure façon, pour un félibre, de quitter les autres avec panache ?

A présent, je m'interroge sur la période exacte de sa mort. Toutes les images qui, d'instinct, reviennent en surface, me font penser que j'ai appris la nouvelle chez Jeanne Barroyer, ma nourrice, donc pendant des vacances et non du temps où je vivais à Châteaurenard en famille. C'était la nuit. De l'étage, j'ai entendu tambouriner à la porte de la remise donnant sur la route de Noves. J'ai dû me pelotonner sous les draps. Il y a eu des pas, le bruit de la porte battante qui claquait à plusieurs reprises, sous la poussée de personnes assez nombreuses et puis les mots... les mots prononcés à voix basse comme on le fait de nuit ou à l'approche de chambres de malades... ces mots, qui, bien que chuchotés, s'inscrivent dans la tête, sans doute parce qu'ils sont soigneusement séparés les uns des autres... c'était si obsédant que je me suis redressé sur mes oreillers pour n'en rien perdre...

L'expression que j'en retiens, c'est que l'oncle — on disait désormais « le pauvre » — s'était *esclaféi* comme une figue mûre, avait explosé en quelque sorte sous la violence du choc. Cette mort végétale ôtait de l'horreur à la chose. Elle lui conférait un naturel non négligeable. Le poète avait connu le destin d'un fruit.

C'est seulement après, quand le silence revint, que les cauchemars commencèrent...

Aujourd'hui, il y a une plaque sur la maison du quartier Gentelin et l'oncle a, pour l'éternité approximative, un trépas municipal littéraire et corporatif. Pour moi, légitime ou non, arrosé ou pas, son saut d'ange dans la canicule le fait entrer, en droite ligne, dans le beau désastre des vergers mûrs.

La semaine avec Lolotte...

Il a fallu cette quête, anodine et délicieuse, des photographies d'enfance pour que la vérité apparaisse quant au séjour de Lolotte à Château. J'en étais sûr à cause d'un cliché, pris par un photographe de foire, où nous étions debout, côte à côte et en plein air. Lolotte arborait un déguisement ou en tout cas une coiffure avec élytres et antennes et des ailes de papillon. Même à l'époque, je ne pense pas en avoir été fier. Pas de Lolotte mais de l'accoutrement. N'importe, l'image faisait partie de mon imaginaire. Elle s'y était installée et n'avait aucune raison d'en bouger.

Voici un an, peut-être, répondant à un journaliste de radio qui me demandait, *ex abrupto,* de dire quel était le premier visage féminin dont j'ai conservé le souvenir, j'ai cité Lolotte en papillon. Quelques semaines plus tard, elle m'écrivait. Elle avait entendu l'interview et, elle aussi, se souvenait. Pour ma jeune sœur, qui semble décidément avoir plus d'ordre que moi dans sa mémoire, la journée du coléoptère se serait située, non dans mon village natal, mais à Marseille. A priori, elle devait avoir raison : Lolotte et ses parents habitaient sur le Vieux Port, et c'est quelque part du côté du Parc Chanot que la photographie aurait été prise. J'allais m'habituer à cette vérité nouvelle lorsque, retournant l'un des documents publiés dans ce livre, je reconnus, au dos, l'écriture de Jeanne Barroyer. Sa correspondance commençait ainsi : « J'ai été surprise, et heureuse, jeudi dernier, de voir arriver Sissi accompagné de Lolotte. Vous ne m'aviez pas prévenue. Je suis bien contente de les avoir tous les deux, ils sont très sages... »

C'était donc bien, à Châteaurenard, sur les allées et, selon toute vraisemblance, pour la semaine de fête de la Saint-Éloi.

Le fil conducteur de Lolotte est le bon. De Château, il amène, tout naturellement, à Marseille et mes vacances — je l'ai dit — se partageaient entre les deux. Lolotte était de milieu aisé. Je suis sûr de cela. Pourquoi ? Sans doute parce que mes parents devaient parler des siens avec une considération marquée. Nul doute, c'étaient des gens *à fréquenter*... J'en conserve la sensation que je me tenais mieux avec Lolotte que chez ma grand-mère, place des Moulins, où je plongeais avec délices, dans le populaire... Pardonnez-moi, joli papillon, quelque chose me disait, dans l'inconscient solide de l'enfance, *que je ne vous méritais pas...*

Les Moulins... ou le dessus du Panier

Si Châteaurenard c'était Jeanne dans des odeurs de fruits et de légumes, Marseille offrait davantage de complexité. Dans un premier temps, c'était donc la place des Moulins, butte qui fait face à Notre-Dame-de-la-Garde, de l'autre côté du Vieux Port. J'étais chez mon grand-père, c'est-à-dire chez mon Dieu. S'il était, à mes yeux, irremplaçable, il n'avait que peu de temps à me consacrer. Il avait pris sa retraite mais j'ai le souvenir d'un homme toujours occupé, avec méthode. Il n'était pas seul : ma grand-mère, ma terrible grand-mère dirigeait tout en dépit de la vivacité de ses deux filles, Marie et Raymonde. La première fréquentait, dans la maison même qui appartenait à grand-mère, le fils ou le neveu d'un locataire qui se prénommait Aimé — et qui l'était d'elle. Il travaillait aux écritures comptables à l'Hôtel Dieu tout proche. Il en rapportait des chansons de carabins propres à en lever le cœur. Je me souviens encore d'un économe qui « se faisait des tartines de beurre » « dans le baquet aux humeurs ». Il lui arrivait, le dimanche, de m'emmener faire un tour à vélo. Heureux temps. On grimpait sur la bicyclette, en haut, aux Moulins, et, de là, on se laissait glisser dans les ruelles en pente conduisant au Vieux Port. On le contournait. Il devait être sept heures du matin. Presque personne avenue du Prado. La corniche et la montée vers Cassis. Immanquablement, on était contraints, tant elle était rude, de mettre pied à terre. Mais, dans cet univers de roches blanches et de verdure maigre, couronné de pins maritimes, quel panorama ! On voyait la mer jusqu'au Frioul, au château d'If et au lointain phare du Planier.

Si j'ai cité l'oncle Aimé — car il a épousé Marie rebaptisée Monique pour faire plus moderne — c'est qu'il était apparenté aux locataires du rez-de-chaussée et ce sont eux qui ont joué un rôle dans ma prime adolescence. Pas eux. *Elle.* Eh ! oui, nous y voilà. Ce fut mon premier émoi tendre. Et voici comment...

La maison du 40 place des Moulins était ombreuse et secrète. On y accédait en tirant sur une bobinette comme dans le Petit Chaperon Rouge, et en respectant un code : une fois pour le rez-de-chaussée, deux fois pour le premier étage, et ainsi de suite. De l'intérieur, la personne demandée ouvrait en manœuvrant une autre bobinette scellée au mur de l'entrée. Une fois dans la place, on escaladait l'escalier de tommettes rouges. D'en haut, ma grand-mère s'inquiétait :

— C'est toi, Sissi ?

Elle occupait, comme propriétaire, l'appartement le plus haut. Il ouvrait, d'un côté, sur la place elle-même et, de son balcon, on découvrait, par-delà les maisons plus basses, de l'autre côté de la place (l'une d'entre elles avait encore la forme d'un moulin), tout le décor de la Joliette jusqu'à l'Estaque. De ma vie je n'ai autant contemplé un paysage. La Méditerranée y avait le premier rôle : lumineux et sensuel. Je ne sais pas pourquoi, on la devinait bourdonnante d'odeurs. Cela tenait peut-être à la forêt de mats et de bras de grues qui étaient alignés le long de ses quais. L'Orient, l'Afrique, les Iles avaient rendez-vous là, on y débarquait toutes les épices, tous les agrumes, toutes les dattes et tous les cafés du monde. Parfois, l'un des bateaux, avant d'accoster, se signalait par deux ou trois coups de sirène. Je les entendais. Je courais au balcon pour le voir entrer dans la rade, précédé et flanqué de deux petits remorqueurs, obséquieux et diligents. Il y en avait un que je n'aurais manqué pour rien au monde. Il s'appelait le *Providence* et ses cheminées étaient bleu, blanc, rouge. Les autres, en tout cas les plus grands, appartenaient soit aux Messageries (cheminées noires), soit à la Transat (cheminées rouges et noires). Le balcon donc, donnait sur l'aventure. Pour y accéder, il fallait traverser l'une des deux pièces qui y menaient. L'une était le salon aux meubles couverts de housses blanches, l'autre la salle à manger avec sa cave à liqueurs en marquetterie et qu'on utilisait pour ainsi dire jamais. C'étaient les pièces nobles et nous étions roturiers. On cirait les tommettes (on disait les mallons) comme de vrais miroirs, si bien qu'on ne les traversait qu'en chaussant, au passage, des chaussons de feutre, qu'on ramenait avec soi et qu'on laissait près de la porte, à la disposition du prochain utilisateur. Parfois, l'une des fenêtres aux croisées (ainsi nommait-on les volets) rapprochées sans être jointes, servait de glacière à la gargoulette. Alcaraza de terre cuite, emmailloté de linges mouillés, on y tenait l'eau en courant d'air pour la boire fraîche. C'est vrai, l'eau était problème. L'eau potable en tout cas. On la filtrait dans un grand bocal en terre situé sur une étagère au-dessus de l'évier. Elle passait avec une désespérante lenteur. Les jours d'ennui, on pouvait s'amuser à compter les gouttes... De l'autre côté, la maison donnait sur la montée des Accoules et c'était un émerveillement d'espèce différente. D'abord, on ne voyait que des toits de tuiles orangées et mangées de soleil et des ruelles toutes traversées de cordes à linges où séchait un échantillonnage de toutes tailles et de toutes couleurs. A la limite, on aurait pu croire que c'était ce lacis de fil de fer et de lessive qui maintenait debout les façades et non l'inverse. J'y ai appris, très tôt, à *lire* le linge. Les enfants devraient bénir les moments où, ayant usé tous les jeux et suffisamment lassé les adultes, ils se retrouvent seuls et inoccupés. C'est alors que les choses impalpables, c'est-à-dire les choses importantes, viennent les habiter. C'est drôle, j'ai su cela tout de suite. Studieux et bon écolier, je travaillais à mes devoirs ou repassais mes leçons, mais j'aimais aussi ne rien faire et *contempler*. Avec l'âge cela m'a quitté et j'y ai perdu.

La cuisine donnait sur une terrasse en tommettes sur laquelle on avait installé les toilettes. Même à Marseille, on disait les *vécés* pour avoir l'air anglais. Visiblement, ils se trouvaient là parce qu'on ne les avait pas prévus lors de la construction de la maison. Les jours d'orage, on prenait un journal pour s'abriter la tête lorsque la nécessité requerrait de s'y rendre. La terrasse était gréée comme un mat d'artimon. Il partait de son balcon un réseau complexe de fils de fer la rattachant aux immeubles voisins, pardessus les ruelles. Ces fils étaient autant de va-et-vient, avec circuit double et moulinet permettant de guider les étendages comme les rames de wagons dans les gares de triage.

Au-delà du gréement, le clocher des Accoules, l'Hôtel Dieu, et, surtout, attirant tous les regards, le

Pont Transbordeur, véritable trait d'union métallique entre les deux quais du Vieux Port. En face, tutélaire, haut perchée, et dorée à n'y pas croire, la bonne mère, Notre-Dame-de-la-Garde.

A cause des deux grands pylones du Transbordeur et, son rail au sommet de sur lequel glissaient les câbles d'acier commandant, en bas, la manœuvre, la mer, derrière, entre les deux forts Saint-Jean et Saint-Nicolas, paraîssait comme mise en vitrine. Elle ouvrait sur des randonnées de cabotage familial ou artisan ! Pêche au large, traversée vers le château d'If, pour visiter le cachot d'Edmond Dantès, et le trou faisant communiquer avec celui de l'abbé Faria. Barques de pêche, remorqueurs, ferry-boats, et bateaux à touristes. Sur cet univers un peu miniaturisé par la distance, le pont transbordeur régnait à la manière d'un monarque.

J'assistais à l'embarquement des camions, des autobus et des piétons. Je les suivais durant leur traversée. Il m'arrivait d'organiser des courses, ignorées de ceux qui y participaient. Il s'agissait par exemple, entre deux véhicules dont l'un avait opté pour le Transbordeur et l'autre pour faire le tour complet du Vieux Port, de deviner lequel des deux avait été le plus malin. Une sorte de réussite à la dimension du panorama. Je formulais un pari et j'attendais, patiemment, l'arrivée...

J'ai parlé du langage du linge. C'était un tout autre jeu, d'observation celui-ci, un passe-temps de détective amateur. Les draps qui sèchent sont indices de la propreté des gens. En changent-ils souvent ou peu ? Les nappes témoignent, à leur taille, qu'on a, ou non, eu des invités la veille et qu'il a fallu ajouter des « rallonges » à la table. Pour les femmes de marins, nombreuses dans le quartier, la présence, soudaine et brutale, de vêtements d'homme, dansant, côte à côte sur leur fil, atteste que le voyageur, absent depuis des mois, est rentré avec sa cantine et son sac de pacotille. Il va y avoir des affaires à traiter, soie, porcelaine de Chine, raffia, safran, thé ou hashich dans les ruelles. De même, si l'on s'intéresse à une personne qui vient en vacances chez des parents, pas besoin d'interroger la famille. Les cordes à linges sont plus loquaces. On reconnaît la robe à fleurs mauves et blanches et, dès lors, à ses quinze ans, le jupon blanc et le soutien-gorge de dentelle blanche qui dansent à ses côtés vous font un peu frissonner.

Elle devait se prénommer Josette

C'est ainsi, une certaine année de mon adolescence, que j'appris que Josette était revenue. A la fin des vacances précédentes, je l'avais aperçue, une fois ou deux, sans trop y prêter attention. Elle était repartie, et ma tante Raymonde, ma préférée, avait joué, sciemment, les entremetteuses. Ah ! Raymonde ! Elle se faisait appeler Moune, elle avait des cheveux noirs presque crépus, des lèvres immenses et des yeux à s'y noyer. Elle était dévorée de tuberculose et la fièvre lui mangeait le visage. Convaincue qu'elle ne vivrait pas longtemps (elle avait, hélas, raison), elle voulait que ce soit intensément. Elle travaillait au journal *le Provençal* et son métier de secrétaire l'amenait, plusieurs fois la semaine, à rentrer tard du bureau. Le journal avait alors son siège rue Glandevès de l'autre côté du Vieux Port. Pour rentrer, il lui fallait, nuitamment, longer le quai et, à partir de la Mairie, chef-d'œuvre de Puget, s'enfoncer dans les rues du Panier. On le sait sans doute : c'était le quartier réservé. Un dédale de venelles, d'escaliers, de passages, une véritable casbah marseillaise avec ses bars, ses putes debout à la porte d'hôtels miteux, ses matelots en bordées, ses Noirs égarés, ses Arabes en chéchia, ses flics débarqués de l'Évêché voisin. Les terrasses des bistrots débordaient des trottoirs étroits, on entendait, en bas, le bruissement des rideaux de perles servant de portes aux cafés, et, en haut, le chant des gramophones qui meulaient des rengaines — amour toujours — pendant que ces messieurs dames soulageaient leur trop-plein de cafard. Devenu un peu plus grand, j'allais chercher Raymonde à son bureau. Faisait-elle vraiment des heures supplémentaires ? Et, si oui, de quel genre ? Il m'arrivait de l'attendre longtemps. Elle surgissait de l'ombre, me serrait dans ses bras, elle sentait le parfum, elle m'embrassait fort, autrement que le faisaient les autres, et s'accrochant à mon bras, elle me disait, de sa voix rauque :

— Allez ! Rentrons !

Nous ne tardions pas à passer devant la statue de Victor Gelu dont on a fait, un peu vite, le Villon de Marseille et dont les méchantes langues affirment que, de son doigt tendu, il désigne les bordels environnants, et, ensemble, on plongeait dans le quartier chaud. C'est là qu'elle me faisait ses confidences. Moi, à mon âge, je n'étais pas peu fier de m'y promener, nuitamment, une femme parfumée à mon bras... Raymonde, un soir, m'avait parlé de Josette. A tout ce qu'elle exprimait, ma jeune tante mettait du rouge à lèvres. Elle avait le baiser à la bouche. Si elle me racontait son bel amour pour un officier de spahis — qui pouvait être un marsouin ou un bat' d'Af — c'était mélange de Mille et Une Nuits et de roucoulades. A elle seule, elle était une couverture de *Confidences*. Pour Josette — qu'elle appelait Jojo — elle y est allée du grand jeu. Elle m'en a dit tout ce qui avait chance de me troubler. Elle semblait la *savoir* sur le bout des doigts. Étaient-elles éprises l'une de l'autre, curieuses, passionnément de leur propre mystère à travers celui de la partenaire ? J'ignorais tout cela. J'apprenais, à demi-incrédule, et tout à fait émerveillé, que Jojo s'était inquiétée de moi.

— Tu lui plais beaucoup, m'avait dit Moune, en

serrant mon bras plus fort, et, gourmande, elle avait ajouté : elle embrasse drôlement bien...

Comme si elle ignorait ma virginité et ma naïveté, Moune m'apprit, tout à trac, que la demoiselle était experte, bien que mineure, avec les hommes, et s'entendait à leur donner du plaisir, qu'elle était très douce et que, pour couronner le tout, elle était tuberculeuse comme elle, et donc condamnée à ne pas vivre longtemps. Affaire à saisir *de suite* comme on l'écrit dans les petites annonces. Et, décidément plus obsédée que nature, elle avait cru bon de préciser :

— Dimanche dernier, nous sommes allées nous baigner aux Catalans. Nous avions pris la même cabine : elle a des seins délicieux... et... (elle avait ri, de sa voix rauque)... des petits poils très blonds...

C'était trop. Je vacillais. Un an plus tard, en voyant sur le fil la robe aux fleurs mauves et blanches, tout cela m'était revenu, avec tapage, dans la tête...

Le premier jour ce fut le linge. Le lendemain, miracle ! Comme je hasardai un œil vers la grande terrasse de plain-pied du rez-de-chaussée, je *la* vis, — Josette — Elle prenait un bain de soleil, allongée à plat ventre sur une natte, un chapeau de toile sur la tête, un bouquin à la main. Elle était en maillot de bain pervenche dont elle avait dégrafé les épaulettes. Soyons francs, je m'attendais un peu à l'apercevoir, mais pas ainsi, à demi-nue, ne pouvant pas voir, dans sa posture, que je la regardais, en quelque sorte livrée, tout entière à ma curiosité. Si j'avais pu le faire sans trop attirer l'attention de ma grand-mère, j'aurais passé l'après-midi entière à mon poste d'observation. Là, je me contentais d'interminables allées et venues.

— Va me chercher un hecto de râpé me dit ma grand-mère en me tendant des pièces...

Je la soupçonne d'avoir, dès la première minute, tout compris, et tout craint, et décidé de tordre le cou à la magie pernicieuse.

Le lendemain ou le jour encore après, Josette m'aperçut. Je n'eus pas le temps de reculer. On échangea un sourire. Moqueur, peut-être, chez elle, sûrement très embarrassé chez moi.

C'est le quatrième jour que j'utilisai le gréement des cordes à linge.

Qu'on ne se méprenne surtout pas. J'abordai cet exercice d'approche avec un délicieux et grave sentiment. Les phrases de ma tante Raymonde, même si elles m'avaient causé un trouble sérieux n'avaient pas entamé la ferveur respectueuse qui me conduisait à rechercher, pour la première fois de ma vie, l'émotion amoureuse. Je rêvais d'être un amant, mais dans le sens qu'on donnait au mot au XVIIIe siècle français. Au fond de moi quelque chose me disait qu'il ne fallait pas prendre à la lettre les évocations, délibérément impudiques, de Moune. D'abord, disait-elle la vérité ? Ensuite, lorsqu'elle parlait du corps de Josette dans ses détails intimes, l'avait-elle vraiment vu, et à qui, au premier chef, voulait-elle communiquer un délicieux malaise ? Et si c'était, *surtout*, à elle-même ? Ajoutons à cela que ma prime adolescence a été *littéraire*. Je lisais sans arrêt et j'écrivais — déjà, hélas — des poèmes et des amorces de romans. Je rêvais ma vie tout debout.

Venons-en aux gréements. J'en détachai un, j'y fixai un petit mot griffonné avec émotion, qui devait contenir une invitation prétendument malicieuse, du genre : « Bonjour d'en haut à en bas » ou « si on allait faire un tour ? », et je fis glisser doucement la corde dans sa poulie. Josette s'était tournée sur le dos. Le papier vint voleter ainsi jusqu'à son visage. Elle leva les yeux, le vit, vérifia aussitôt, par un regard d'où il venait, et, l'ayant lu, de la tête me fit signe qu'elle était d'accord. L'instant d'après, nous étions ensemble. Dès lors, ce furent des heures et des heures inoubliables.

Se tenir par les yeux...

Les siens étaient immenses.
Ceux d'Anna de Noailles devaient lui ressembler, du moins si j'en crois Francis Jammes dans l'adieu qu'il lui adressa :

> « Et je devinais vite alors que c'était toi
> Car tes yeux pleins de nuit ravageaient ton visage... »

Par ses yeux, Josette se livrait toute. On s'y noyait. Nous marchions côte à côte, sagement, par les ruelles du Panier. Littéralement, elle dansait. Elle était d'une légèreté et d'une minceur infinie. Elle portait une robe d'été sans manches et, alors, on ne s'épilait pas. Je fus surpris et quelque peu déçu de voir combien ses poils, sous les bras, étaient noirs. Je mourais d'envie de la prendre par la taille. Elle parlait peu. Elle allait. On aurait dit qu'il lui suffisait, pour son bien-être, que nous avancions ainsi, sans autre but que nous-mêmes, et sans nous tenir autrement que par les yeux. Elle marchait devant moi le plus souvent mais se retournait et son regard, alors, s'emparait du mien. J'étais frappé de sa force. C'est cela, *sa force*. Par Josette et, d'un coup, je sus que la femme sublimement fragile dans mes phantasmes, était d'une robustesse à toute épreuve. Et cela surgissait si vite ! J'éprouvais la sensation de recevoir trop de révélations en même temps. Comme la vallée entre ses seins par exemple. Question de mode sans doute. Les robes des filles avaient de sages audaces et laissaient voir ou deviner ce qui suscitait l'émoi, à l'exquise limite du désir, fut-il naissant. Et Josette avait des ronds de transpiration aux aisselles. J'en déduisais qu'elle était bien réelle et que je vivais vraiment ce qui m'arrivait.

Voilà, on s'est promenés, puis, en se quittant, dans l'entrée ombreuse du 40 place des Moulins, on s'est serré la main, en la gardant trop et en se promettant de se revoir dès le lendemain matin. Et, de ce fait, on ne s'est guère quittés des vacances.

La place avait alors un petit square orné d'une réplique en plâtre de la statue qui fait la gloire de la place de Castellane et qui représentait une dame altière et couronnée, sans doute une Massilia régnant sur la mer.

Au quatre coins de ce décor d'opérette, des bancs publics. L'un d'entre eux offrait l'avantage d'être le plus éloigné des fenêtres de la maison et le privilège, au soir, puis à la nuit tombée, par la grâce d'un réverbère, de se noyer dans un contre-jour. C'était le nôtre. Nous y restions de longues heures à sentir nos corps se toucher, et à mêler nos regards comme on mélange des corps dans l'amour. Le mot volupté n'est pas trop fort, mais volupté d'enfance, plaisir neuf, perversité absente, curiosité en éveil... Nous formions des projets, nous rencontrions nos mains, par inadvertance voulue, au dossier du banc ; nos doigts se faisaient prisonniers, se retenaient, ou par jeu d'impatience, se refusaient...

On nous appelait du balcon pour le souper. Tantôt, elle la première, tantôt moi.

— Alors, Marcel, tu viens ? Ca va être froid !

Nous emportions le sortilège avec nous et, avant de nous endormir, alors que l'on ne respirait plus que l'un pour l'autre, restait la connivence des terrasses. Elle y oubliait un livre ou, pire, une culotte qu'elle allait ôter de la corde à linge. Je la voyais, de là-haut, ouvrir les pinces en bois, prendre le slip entre ses doigts. Une nuit, elle m'envoya un baiser qui, j'en suis sûr, passa par la culotte qu'elle tenait en mains. Sa silhouette se découpait tout entière dans le rectangle de lumière venu de la porte. Moi, c'était plus simple : j'emportais un bouquin pour le lire aux *vécé* !

Non, nous n'avons jamais fait l'amour, Josette et moi. J'estime que nous avons fait pire, mais, sans doute, ne voyait-elle pas les choses comme moi. Nos audaces étaient dans nos baisers, qui, au fil des semaines, se muaient en combats de langues inassouvies, et nos attouchements, nos froissements, nos glissements. Elle avait des doigts d'une finesse et d'une longueur sans égales, aux ongles pointus, destinés me semblait-il, à de subtiles tortures. Nous n'en finissions pas de nous explorer.

Un soir de l'année d'après, je veux dire d'après notre première rencontre, elle est montée chez ma grand-mère. Par exception j'étais seul, et, dans ces cas-là, en vue de sa visite toujours espérée, je laissais ouverte la porte du palier. Elle m'a, par-derrière, fermé les deux yeux de ses mains. Je me suis retourné. Jamais elle n'avait été aussi belle. Elle éclata d'un rire carnassier :

— Voilà, dit-elle, je m'en vais.

Assombri, déjà, j'interrogeai :

— Tu t'en vas où ?

— Je m'en vais. Je m'en vais pour toujours.

Elle avait l'air follement gai. J'étais sur la terrasse enténébrée et je ne voyais plus que le rire sur ses lèvres. J'essayais de parler. Les mots ne parvenaient pas à se former. De saisissement, j'étais muet.

— Je suis venue te dire adieu.

Elle m'embrassa sur les lèvres en faisant courir sa langue. Je tremblais. Je cherchais à la retenir des yeux. Son regard me fuyait. Elle était prête à tout me donner d'elle, là, dehors, dans le fouillis des toits, au plein air, tout ce que je savais déjà d'elle et tout ce que je brûlais de connaître, tout, sauf ses yeux. Déjà, ils étaient ailleurs.

Il me fallut du temps, beaucoup de temps d'horloge avant de pouvoir émettre un son et ce fut pour prononcer la question la plus plate du monde :

— Pourquoi ?

Elle éclata de rire. Un rire méchant. Elle s'éloigna

dans la pénombre. On ne voyait plus que ses dents lumineuses et ses yeux immenses.

— Demain, je ne serai plus là, dit-elle. Elle se retourna pour faire voler sa robe autour d'elle et s'en alla...

Par bonheur, c'était un faux départ. Elle resta. A quoi avait-elle voulu jouer ce soir-là ? Qu'importe, au fond. Elle m'avait donné l'un de ses cours magistraux d'initiatrice ! elle m'avait enseigné le malheur. Cadeau de femme, comme une cravate ou un briquet. Si elle était vraiment la petite personne délurée et perverse que Moune m'avait décrite, peut-être s'ennuyait-elle ferme avec moi ? Ou bien, c'était ballet nuptial destiné à provoquer le mâle, en moi, qui ne se décidait pas ? Ou encore le jeu, incontestable, que Josette jouait, de façon permanente, avec la mort. J'ai oublié de dire qu'elle y faisait sans cesse allusion. Comme ma tante. Elle annonçait volontiers :

— Demain, je serai morte...

Je n'ai rien dit de sa toux aussi. Elle la prenait parfois de façon, d'abord anodine, et qui pouvait, très vite, empirer jusqu'à la secouer tout entière. Elle en émergeait comme on sort de l'eau, avec les yeux humides et une peur visible dans le regard. Dans ces moments-là, elle s'accrochait à ma main et nous avions des étreintes de naufragés.

Je me souviens qu'elle dut s'absenter quelques jours pour habiter chez des parents à l'Estaque. Je désertai la terrasse pour le balcon. De là, *je la voyais,* ou, pour être plus exact, je voyais l'endroit de la côte où elle résidait. Elle m'avait écrit une carte postale montrant l'Estaque de nuit ou elle m'indiquait, d'un trou d'épingle, l'emplacement de la maison qu'elle habitait. Il me suffisait, selon ses indications, de placer la carte devant la lumière, et c'était comme si, grâce au trou d'aiguille, sa fenêtre demeurée la seule allumée, me faisait signe au plein de la nuit...

Josette est morte plus tard. Je devais avoir vingt ans. Et je ne veux pas en parler.

Paris à nous cinq!

Il était grand temps qu'on quitte Neuilly-sur-Seine ! Au moment de dresser la liste des cadeaux de Noël à faire aux parents, amis et connaissances, Jojo, décidément mal inspirée, avait lancé :

— Et qu'est-ce qu'on va offrir à Robert ?

Vous vous souvenez ? Robert, le jeune employé serrurier qui venait nous rejoindre au cinéma de Levallois. De *Puteaux*, je viens de m'en souvenir. Nous allions, passé le pont, sur la commune de Puteaux. Et, les soirs plus cérémonieux, au Chézy, à Neuilly même, une salle de deuxième exclusivité qui ne se mêlait pas de feuilletons à épisodes.

Le nom de Robert fit le plus désastreux effet. Les commerçants, comme les dynasties, ont des problèmes d'étiquette. Nous tenions une épicerie, *fine*, c'est-à-dire, à la lisière du commerce de luxe, et, encore, la possédions-nous, *en plus*. A la vérité, nous étions une famille de grossistes. Le terme exact était « commissionnaire aux Halles ». Quand on me demandait ce que faisait mon père, c'est cela que je répondais. Mon père, précisément, attachait une certaine importance à sa fonction de commissionnaire et il m'expliquait :

— Je vends *au mieux* (c'était sa phrase). Je n'achète pas. Je vends. J'essaie de tirer le meilleur parti des marchandises qu'on me confie. C'est preuve que les gens ont confiance en moi.

Les gens, c'est-à-dire les expéditeurs de Château, les producteurs de la vallée de l'Eyrieux en Ardèche qui lui expédiaient directement leurs pêches, ou les primeuristes de Louhans ou de Créances, spécialité de carottes de sable. Alors, imaginez un peu une fille de commissionnaire qui se laisse embrasser — ou un peu davantage — par un apprenti serrurier !

Et puis ma mère, avec les années qui passaient, commençait à se dire qu'elle n'avait pas traversé la France du Sud au Nord dans le dessein d'habiter à Paris pour se contenter de vivoter, dans une arrière-boutique de banlieue.

— *Neu-Neu* (on disait ainsi à cause de la tête à Neu-Neu), est un trou affirmait-elle. Personne n'en est jamais sorti.

Sauf la fille aux yeux de lagon qui logeait en face, précisément au-dessus de la boutique du serrurier...

Bref, on a cherché un appartement à Paris.

L'un des derniers exploits de Jojo, elle l'a réalisé lors de l'une de nos ultimes sorties à trois. La mode, cette année-là, pour les demoiselles, était la jupe portefeuille. Elle tombait, droite et étroite et entravait un peu la marche. Je ne sais pas pourquoi mais j'ai en tête que Zézette devait suivre des cours de sténotypie dans une école genre Grangean et qu'on passait la prendre, ma petite sœur et moi, sans doute pour aller, ensemble, au cinéma. Le tram empruntait l'avenue de Neuilly et il s'agissait, pour ne pas manquer la séance, d'y monter en voltige. On est partis à toutes jambes dès qu'on l'a vu apparaître. Entre les rails et nous, il y avait des travaux. Une tranchée à l'air libre que, sans nous consulter, nous avons décidé de sauter. Un, deux, trois... non, deux seulement... car Jojo n'a pas sauté... ou, plutôt, elle a sauté et, en l'air, la jupe portefeuille a littéralement bloqué son enjambée. Quand, étonnés de ne point la voir sur le marchepied du tram, on s'est retournés, elle n'était plus là. On est redescendus pour la chercher. Elle était debout dans la tranchée comme un brave petit soldat. Comme elle n'avait pas une seule écorchure et qu'elle avait son bel ensemble maculé de terre, on s'est franchement payé sa tête...

Les souvenirs sont de bien étranges personnes. Au moment de quitter Neuilly pour Paris, du moins dans mon récit, j'ai l'impression que des images, oubliées depuis longtemps, viennent me tirer par la manche. Écrire son enfance c'est prendre le risque de résurgences inattendues.

J'ai dit que j'aimais les planches de découpage et les soldats de plomb. J'avais reçu en cadeau de ma marraine de Paris (j'en avais deux, j'expliquerai pourquoi) toute la Grande Armée, couchée dans une boîte de carton rouge vernissée, avec les grenadiers, les voltigeurs et une rangée entière de sapeurs barbus, avec leur tablier blanc et leur hâche, droite, à la main. Des cow-boys et des indiens aussi. Mais maman, qui semblait pourtant peu s'occuper de nous, devait m'avoir à l'œil. Elle s'acharnait à me rendre adroit de mes mains. D'où les jeux utiles. Comme si des jeux pouvaient être utiles sans cesser, aussitôt, d'être ludiques ! J'eus ainsi les scies à découper avec du contreplaqué, une usine électrique avec une machine à vapeur, et, fin du fin, *Oscar* du jouet avant la lettre, une motocyclette en *alu* avec son side-car. Une vraie merveille. La petite corne en caoutchouc fonctionnait et les lumières s'allumaient, blanches ou rouges, à l'avant comme à l'arrière. Une fois remonté, le side-car tournait à une vitesse impressionnante et très longtemps s'il ne rencontrait pas d'obstacle. Une fois remonté... car avant d'en arriver là, il fallait le *monter*. On le livrait en pièces détachées avec une notice d'assemblage. L'horreur ! Devant la table de famille, débarrassée après le dîner,

Papa entreprit de me faire une démonstration. Était-il habile ? Je n'en suis pas sûr. Tout cela m'ennuyait prodigieusement mais j'étais, en revanche, fort intéressé par la motocyclette en état de marche.

Je manifestai donc une curiosité de façade pour les travaux paternels que nous suivions tous avec un mélange de considération, de malice et de doute, ce dernier dû à des expériences antérieures peu concluantes :

— Je te montre juste comment on fait... ensuite, tu termineras...

Tu parles !

Il s'était piqué au jeu, le maître du clan. On lui passait les mini-tournevis comme les bistouris ou les érines du chirurgien. Il opérait sous l'éclairage du plafonnier, et tous, autour de lui de retenir notre souffle. D'autant qu'on regardait l'heure. Nos places étaient retenues à Puteaux. Maman, d'un œil, avait déjà mesuré le danger. Elle en était l'origine. C'est elle qui avait branché Papa sur la mini-motocyclette afin d'éviter tel autre emploi du temps envisagé par lui et qui ne devait pas lui convenir à elle. Au tout dernier moment, Papa embarrassé par le dernier écrou à serrer à *l'intérieur* du side-car, demanda à Jojo de tenir la vis avec son doigt. Elle le mit dans le mécanisme. Si ça continuait, nous allions rater le début de l'épisode et ne rien comprendre à une intrigue déjà compliquée.

— Tiens bien... je tourne, dit l'ingénieur en chef.

Il utilisait alors une des petites clefs brillantes, coudées à angle droit et dont l'ouverture s'ajustait à la dimension exacte de l'écrou. Et il se mit à tourner...

C'est alors que le moteur, ou plutôt la spirale du ruban métallique qui en tenait lieu, se mit en marche. Elle s'enroula littéralement autour de l'index de Jojo jusqu'à épuisement du système. Ma petite sœur n'avait pas mal. D'effroi, seulement, elle ouvrait des yeux immenses. Ma mère regardait mon père avec une injuste sévérité. Mon père observait sa fille cadette comme s'il hésitait entre la gronder ou lui demander pardon. Zézette, qui devait penser à Robert, s'impatientait.

— Sors ton doigt de là !

Impossible. Jojo gigotait, trépignait, tirait, poussait. Rien n'y faisait. De son côté, Papa tentait tout et son contraire. Il essayait de remonter le ressort à contresens. La prisonnière glapissait. Il hasardait l'inverse. Elle hurlait.

— Arrête ! lui ordonna ma mère.

On dut se résoudre à emmener Jojo au cinéma de Puteaux avec son side-car enroulé autour de l'index. Il fallut seulement recouvrir le tout d'une écharpe car si, belle âme, elle acceptait la douleur et l'incommodité, elle ne voulait pas s'offrir au ridicule. On n'est parvenu à la libérer qu'au retour.

La Grand-Poste !

Pour un coup, c'était un vrai appartement. Avec, sur l'immeuble, l'inscription *GAZ-ÉLECTRICITÉ A TOUS LES ÉTAGES*. On avait une concierge, un tapis sur les marches de l'escalier et un balcon. Au troisième étage, face à la Grand-Poste dont l'édifice s'élevait sous nos yeux et dont les arcades nous parurent somptueuses — 21, rue du Louvre ! Deux bistrots au pied de la maison, la Caisse d'Épargne et une pharmacie — qui contenait une fille de pharmacienne, brune, piquante et malicieuse. On n'y reviendra plus. A l'époque, j'y allai le plus souvent possible.

J'ai encore la topographie des lieux dans la tête. De tous les appartements que j'ai habités, c'est celui qui me donne le plus, et de loin, le sentiment d'avoir été chez moi, ou, plus exactement, *chez nous*. Une grande entrée sur laquelle ouvraient deux petites portes et deux autres à double battant. A gauche, l'une des petites menait au long couloir — « Plus de douze mètres de long ! » s'émerveillait mon père — au terme duquel se trouvait la cuisine et une pièce vite baptisée, je ne sais par quel fétichisme commerçant : l'arrière-boutique. Elle jouera un grand rôle. Devant soi, la deuxième porte simple, elle, dirigeait vers la salle de bains et ma chambre prenant air sur la rue. A côté, la grande porte menant au salon qui servait aussi de chambre à mes deux sœurs. Il faut dire qu'on avait combiné un coin *cosy corner* assez inventif et que nous recevions comme il convient, mais sans plus.

La double porte de droite ouvrait sur la salle à manger. Étrange pièce au fond marronnasse et dont l'ornement était une niche de cheminée encore nantie de son poêle d'origine tout en fonte émaillée. Les fenêtres étaient sur cour et il me semble bien qu'elles formaient vitrail. Quand on entreprit de repeindre, *l'artiste* italien aux yeux charbonneux qui tenait le pinceau, traditionnellement amoureux de Zézette, qu'il traitait de fleur sensitive, peignit à son intention la niche en couleurs d'aurore boréale. Ma mère, à peine rentrée de ses courses, se hâta de mettre de l'ordre dans ce méli-mélo sentimental et pictural de goût discutable.

La salle à manger communiquait avec le salon et, par deux autres portes, sur le couloir menant à la chambre des parents et sur une pièce sombre dont mes deux sœurs avaient fait leur boudoir et où elles se déshabillaient ou s'habillaient.

Le décor planté, reste la vie. J'en garde un souvenir joyeux et tranquille. C'était ce moment privilégié où le cœur palpite mais à tout : nature, amitié, arts, travaux et jeunes filles et de cet éparpillement, involontaire et donc savant, naît une réelle harmonie. C'est le mot juste... Je vivais harmonieusement. Nous avions tous grandi, Zézette devenait Zette, Jojo, Jo, et moi, enfin, Marcel.

C'est à peine si on ne nous prenait pas pour des enfants de Parisiens... Bien que l'accent, dont nous n'étions pas toujours conscients, devait encore nous trahir. Le terme n'est pas exact, car nous en étions fiers. On se disait du « midi ». Papa, qui n'avait pas perdu son goût pour les histoires, n'hésitait pas, à la fin des repas « d'affaires », à raconter celles de Marius et d'Olive ce qui, sans doute, agaçait ma mère, mais conférait à la tribu une certaine couleur locale assez propice aux transactions — car tous deux travaillaient ferme. Leur magasin était proche, presque à l'angle de la rue Berger et de la rue du Louvre, à l'orée des Halles en quelque sorte. Elles débutaient là et les voituriers autorisés, ceux qui louaient des emplacements aux propriétaires de véhicules au nom d'un privilège remontant, disait-on, à Saint-Louis, occupaient la place des Deux-Écus et les ruelles environnantes. Entré dans la rue Berger, on changeait d'univers. En tout cas entre onze heures du soir et six heures du matin.

C'est là que j'ai appris la nuit. Elle avait l'odeur de Châteaurenard.

Le Moyen-Age retrouvé...

C'est vrai.
Les mêmes causes produisent les mêmes effets et, de l'accumulation de tomates, melons, raisins, choux

pointus de Provence montait une senteur ambiguë et multiple qui m'était familière et avait, à présent, pour moi, parfum de vacances. Les noms propres aussi étaient, le plus souvent de chez nous. L'épinard venait de Sénas, l'asperge de Lauris, le chasselas du Thor, le melon de Cavaillon, le muscat de Caumont, l'oignon d'Auriol et la betterave de Gardanne. Mes villages voisins étaient ainsi *montés* à Paris derrière leur incontestable chef de file Châteaurenard. A la lumière forte des lampadaires et des ampoules géantes des boutiques, pris sous les flaques scintillantes de l'électricité, nos légumes et nos fruits témoignaient de l'opulente invention des terres nôtres. De quoi rayonner de fierté. De quelques amis restés au vieux pays, mon père obtenait des trésors de qualité. C'était le cas pour les haricots verts extra-fins qu'on appelait *gris*. Ils venaient précisément de Casteu-Reinard. Je crois même que les expéditeurs étaient Messieurs Bon et Faure dont j'ai dû parler. Chaque haricot, souple, délié et comme duveteux, était aligné à la parade. Sur le dessus du cageot, on pouvait les compter. Et il en était de même jusqu'au fond. Papa en prenait un, au hasard, le tendait à l'acheteur éventuel :

— Regarde-moi ça... c'est du beurre !

Il coupait, d'un doigt sec, le petit pédoncule, geste des cuisiniers préparant pour la cuisson, et qui, immanquablement, décèle la présence de *fils* indigestes. Et d'ajouter :

— Si tu trouves un seul fil dans tout le cageot, je te le donne pour rien.

J'étais fasciné, car je n'avais pas tardé au cours de mes rares visites nocturnes, toujours organisées par mes parents, à déceler le tour de main de mon père qui, si son haricot, malencontreux, avait un fil, consistait à le *rompre* aussitôt au lieu de le tirer. Les *trucs* de métier continuent aujourd'hui encore, à m'émerveiller. Lorsque la marchandise s'avérait exceptionnellement bonne, on en prélevait deux ou trois kilos pour les repas familiaux. Maman, ce jour-là, cuisinait elle-même. Un soir que, d'avance, Papa se régalait à la perspective de nous faire déguster des haricots gris extra-fins, sélectionnés par lui et apprêtés par sa femme, il tomba de haut parce que Maman avait forcé sur l'ail et le persil. Sacrilège. Je l'entends encore :

— Ce n'est pas un plat de haricots verts, c'est un champ d'ail!

Le mot champ d'ail éveilla, aussitôt, chez lui *chandail* et cela valut à son épouse d'être habillée pour l'hiver.

— Tu as eu peur que nous ayons froid, que tu nous a tricoté ce chandail?

J'en reviens aux Halles. A l'époque, je n'avais guère voyagé, ni posé les pieds hors de France, et je ne connaissais du monde que ce qu'en disaient les livres, fort nombreux, que je dévorais. Aucun lieu, à mes dix ou douze ans, ne m'a autant impressionné que les Halles. Elles m'entraînaient dans *l'ailleurs*, dans *l'autrefois*, car c'était le Moyen-Age retrouvé. J'essaie d'expliquer. J'avais l'impression d'entrer dans un monde émergé, et pour quelques heures à peine, chaque jour. Aujourd'hui, je dirais que c'était, tout à la fois, l'univers de Clément Marot ou de François Villon, le « Ventre de Paris » de Zola et la présence, odorante, de la Provence mistralienne. Sans oublier les putes de la rue Saint-Denis sorties en droite ligne du Carco de « Jésus la Caille ». Elles portaient encore la jupe plissée noire et s'enorgueillissaient de leur cul et de leurs tétons, pommés et fermes à la manière des choux de maraîchers. Fleurs roturières et fortes en gueule, elles assuraient, en braves filles laborieuses, la prompte vidange des affairés de la *noille*.

Comme j'étais bien ! J'apprenais ! De l'oreille, des yeux et de la narine ! Une éducation de prince des Sots ! Ah ! la santé mentale, que l'on distillait là ! Foin de l'hypocrisie, trêve de fausse bonne conscience. Tous ces gens mêlés se rendaient à leur travail à l'heure où les autres se couchent. Ils transportaient, marchandaient, pesaient, vendaient ou achetaient de quoi nourrir les endormis. Ils faisaient commerce de tout, même si pour quelques-uns, selon le mot de Mac Orlan, cela constituait à avoir « licence pour leurs fesses ».

Je déambulais, béant. Tout me faisait signe. Faune et flore de cette planète noire traversée de fulgurances, m'étaient familières. J'étais chez moi aux

Halles et, curieusement, rien ne m'y effrayait. C'est là, sans doute que j'ai tordu le cou à toutes mes peurs.

Les passages sinistres — comme le médiéval passage de la Reine de Hongrie — les échaudoirs à pieds de porcs de la rue des Prouvaires aux odeurs de sang tiède et d'eau de vaisselle rose ; les effluves salés et âpres de la marée au soleil levant, les ivrognes vindicatifs, les diables lancés à toute allure sur le pavé gluant et jusqu'aux prostituées qui m'appelaient puceau, tout m'était gaité, et neuve *sapience*. Le point noir, de temps à autre, c'était le guet. Les sergents. Les flics. Les agents à pèlerine. De braves salauds ordinaires. Ils faisaient froidement leur besogne et ne marchandaient guère les horions pour les miséreux, les crève-la-faim et les voleurs à l'étalage. Ils étaient du côté de l'ordre et chacun sait qu'il appartient à ceux qui ont pignon sur rue. Symboles du bien public, protecteurs du Livarot et de l'endive, contempteurs du mandataire et de l'acheteur du Printemps, ils étaient durs aux pauvres gens et tabassaient volontiers les épaves. J'ai vu cela dans mes jeunes années comme les enfants de paysans voient vêler les vaches.

Les flics ne lésinaient pas sur le raisiné ! et le sang pissait.

— Ordure, tu m'as salopé ma vareuse !

Et de remettre le couvert.

Vers onze heures du matin, le visage débonnaire, rubescents de petits calva accumulés, ils repartaient vers leur commissariat. Ils pesaient, chacun, quelques kilos de plus. Faut dire qu'ils avaient des poches à l'intérieur de leur pèlerine et qu'ils devaient sentir la mangeaille lorsqu'ils montaient dans les autobus. C'est peut-être pour ça qu'ils restaient sur la plate-forme.

* * *

J'allais à l'école communale de la rue de la Jussienne. Juste la rue du Louvre à traverser, une petite portion de la Rue Étienne-Marcel et c'était là, en oblique, face à un dispensaire. Est-ce le contact profond et maintenu avec les produits du sol qui m'avait conduit, très jeune, à la notion selon laquelle l'homme n'était rien d'autre qu'une betterave fourragère qui naissait et mourait aussi nécessairement et simplement qu'un légume ?

Cette observation n'entamait en rien ma foi en Dieu. En revanche, elle m'entraînait à me dire que, sachant cela, il ne fallait plus cesser de l'oublier. S'arrêter de travailler, d'aimer, de risquer ou de créer, c'est avoir rendez-vous avec la betterave. C'est drôle. Mes parents, je crois bien, ne l'ont pas compris.

Ils ont cru que j'étais un enfant sage. J'apprenais tout bonnement, les moyens de se faire une vie, fut-elle *imaginaire*, qui permit d'échapper, non à l'inéluctable destin betteravier, mais à sa fréquentation assidue. Et pour y parvenir, je voyais bien qu'il ne fallait pas *dépendre*. Si je ne voulais pas que mes parents viennent déranger mes confitures, il fallait que je sois vigilant aux fourneaux. Voilà pourquoi j'étais toujours premier ou second de ma classe et, pourquoi, dès le premier livret, j'ai proposé à mes parents de le signer moi-même afin, ai-je dit, de « ne plus avoir à les déranger ». La paresse parentale est infinie. Il convient de jouer là-dessus. Au début, l'instituteur — une belle tête d'alcoolique laïque — s'étonnait. J'étais, à cause des restes de ce fichu accent, un *métèque*. Je n'ai retrouvé cette sensation que beaucoup plus tard, lorsque, devenu Président Directeur Général d'*Antenne 2*, j'ai fréquenté, par nécessité, les hautes sphères de l'administration. Elles ont réagi comme mon maître d'école. Et, à leur manière, et à son exemple, sans doute m'aimaient-elles bien ou un peu, ce qui revient strictement au même. Mon exotisme avait parfum d'ail. C'est ainsi. « De mes ancêtres gaulois... » disait Rimbaud — Je suis blond, plutôt nordique de corpulence, mais j'appartiens, violemment, *au peuple brun*. Je mourrais plus volontiers aux côtés de Maures que de Saxons. Peut-être sera-ce dans le mensonge et la vermine, mais, du moins, avec du merveilleux et du solaire dans la cervelle.

A la récréation, on se moquait de mon « parler ». On me faisait répéter certains mots : *déjeuner* par exemple que je ne parvenais pas à prononcer correctement, ou d'affreuses maladresses qui, en dépit de mon prix d'excellence, me conduisaient encore à dire : « je vais *au* coiffeur ». J'en étais furieux, un peu triste, et, bientôt — c'est là ma chance — indifférent. Au fond, je m'occupais moins de mes tourmenteurs que de mes fautes. En classe, on lisait un ouvrage contant les mésaventures d'une tribu de rats embarquée dans les soutes d'un grand navire faisant route pour l'Amérique. C'était manière originale de la découvrir avec eux. Et, miracle, ces rats *parlaient.*

Parmi eux, un surmulot de Provence qui ponctuait ses discours (il était bien entendu le plus bavard de la bande) de « Pécaïre ! » ou de « Bagasse ! » que je n'avais jamais ouïs à Châteaurenard mais qui étaient censés, ici, faire couleur locale. Alors que nous étions appelés à lire à tour de rôle, comme si nous interprétions un feuilleton, moi seul incarnais le même personnage *tout le temps* : le rat de Marseille. Je crains même qu'il ne se soit nommé Marius. Pendant l'heure de lecture j'étais donc mobilisé et le rêve éveillé m'était de ce fait interdit :

— Bagasse ! devais-je m'écrier avec un accent que je forçais à l'extrême... si je trouvais un sac d'olives noires ou la petite sœur de la fameuse sardine qui a bouché le Vieux Port, je me *les* mangerais bien !

C'était horrible ! J'avais l'impression d'être un renégat. Qu'aujourd'hui, Casteu-Reinard me pardonne !

A cette école de la rue de la Jussienne, les jours s'écoulaient, agréables. Je me souviens des lendemains de vacances du jour de l'An. L'usage voulait qu'en reprenant la classe, on présente ses vœux à l'instituteur, avec un cadeau qui témoignait de la gratitude des parents. J'eus ainsi à transporter et à offrir un superbe et encombrant encrier de cristal brut dont le bénéficiaire, plus rouge que jamais, semblait très incapable, tant il était somptueux, d'admettre que, désormais, le présent lui appartenait. Fils de commerçant, je balançai entre la fierté (du genre : on ne s'est pas fichu de vous !) et la honte (qu'est-ce-qu'on ne va pas imaginer ! ! !).

A cette époque j'étais très véloce et nous organisions des courses autour des quatre arbres de la cour, épreuves que je remportais régulièrement. Si bien qu'un jour, poussé exprès, je suis très mal tombé. Le genou a porté avec force sur la grille de protection du platane ; d'où un épanchement de synovie qui m'a cloué au lit et m'a donné une faiblesse à cette jambe. C'est toujours elle qui cède.

Au cours d'un trimestre, on a touché une institutrice de remplacement. Je me suis, aussitôt, épris d'elle. Il faut convenir qu'elle était blonde, preste et fine et je devais la couver des yeux, avec des regards éloquents. Une empoignade en cours de récréation l'a conduite à me sanctionner et à m'envoyer au piquet, tout seul, à l'intérieur du préau, pour la durée entière de l'interclasse. J'entendais les rires et les galopades des autres et je me morfondais. C'était mon idole qui m'avait puni. J'en souffrais et mes petits camarades en profitaient pour se payer ma tête. Ils passaient la leur par l'orifice d'un carreau cassé à la porte vitrée donnant sur la cour et me faisaient des grimaces. Je me jetais furieusement sur eux, mais, habiles, ils reculaient à temps. Je décidai de m'accroupir derrière le panneau de la porte, et dès qu'apparaîtrait un visage, de lui lancer, d'en bas, un maître coup de poing.

J'attendis. Le temps me paraissait long. Puis il y eut des pas, une ombre, et une tête. J'y allai de bon cœur!... C'était l'institutrice! Stupéfaite, et le nez douloureux, elle m'envoya m'expliquer auprès du directeur. Pour rien au monde, en dépit du tourment amoureux où j'étais plongé, je n'aurais avoué quoi que ce fut. Je n'avais qu'une idée : écouter, d'une oreille distraite, l'énoncé de la sentence directoriale et, vite, revenir en classe, et là, présenter mes excuses et mes regrets à ma victime. La sincérité devait se lire dans mon regard car la jeune femme me fit l'aumône d'un sourire, encore un peu crispé par le gnon que je lui avais administré!

C'est vrai. J'étais volontiers amoureux à ce moment de ma vie. Je lisais Rousseau et il s'ensuivait, pour moi, un certain vague à l'âme. Ma mère avait alors une amie, blonde et parfumée, aux longues jambes et très allurale (on employait l'expression pour elle) qui, pour m'embrasser, même de façon distraite, effleurait, me semblait-il, mes lèvres. J'en frissonnais avant, pendant et après. J'en rêvais même la nuit. Et un jour, n'y tenant plus, je dis, tout bas, pendant notre baiser :

— Je vous aime.

Entendit-elle ? Elle ne m'embrassa jamais plus et les rares fois où je la rencontrai à la maison, elle prit soin de ne pas remarquer ma présence. Je l'oubliai. Et, de mon propre chef, je passai de Rousseau à Rimbaud.

Ce fut une période tenace. L'enfant terrible de Charleville s'était, littéralement, emparé de mon esprit. J'entrepris d'écrire des poèmes à son imitation, et, un matin, comme je me rendais rue Berger, au magasin, je tombai, pile, sur mon ex-égérie. Je dus avoir un sourire goguenard et, sitôt rentré à la maison, j'écrivis un poème vengeur :

« Je t'ai revue ! Bon Dieu, tu es moche
On sent dans tes cheveux
Ce qu'ils étaient avant
Dans tes yeux, une clarté de roche
Dans l'un, pas dans les deux
C'est décourageant
Moi qui, jadis, te trouvais belle
Et la feuille de chou puait dans la poubelle... »

De la rue de la Jussienne j'étais passé à l'École

Supérieure Turgot à la suite d'un concours d'entrée réussi. J'en garde deux images précises. La première a trait à l'épreuve de mathématiques. Dès la distribution des énoncés, j'avais en tête les solutions. Je les écrivis presque d'instinct. Quand je relevai la tête, je vis, alentour, mes camarades penchés sur leur copie. Le doute me prit. Je refis tous mes calculs ! Ils étaient bons. J'hésitai encore, puis je portai ma copie au surveillant. Il me regarda, étonné, leva les yeux vers la pendule :

— Vous avez encore une heure...

Je revins m'asseoir et, rouge de confusion, je recommençai tout... et me trompai à l'une des questions alors que j'avais tout « bon » la première fois. L'incident eut, sur moi, une influence profonde. Jamais, par la suite, je n'ai prêté attention à ceux qui, bons apôtres, me faisaient l'apologie du « cent fois sur le métier remettez votre ouvrage... » Citation pour citation, je répliquais : « le temps ne fait rien à l'affaire... »

Le jour des résultats, j'appris que j'étais reçu sixième sur quelques deux ou trois cents concurrents. C'est ma deuxième image. En rentrant de la rue Turbigo, dans le soleil, je rayonnais. Débouchant rue du Louvre, je fus étonné d'apercevoir mon père à son balcon. Ce n'était pas son style. C'était le début de l'été. Peu de passants. J'eus le courage de lancer, d'en bas :

— Je suis reçu...

Mon père me demanda :
— Tu es combien ?
Je formais le chiffre six avec mes doigts. J'exultai. Je me disais que, sans cette maudite correction en maths, j'aurais peut-être été premier. N'empêche que je flottais sur un petit nuage. Et la réponse paternelle tomba, d'en haut, comme un couperet :
— Seulement ?
Et le lieutenant Jullian se retira sous sa tente. Je n'avais plus envie de monter.

* * *

La « grande » école me libérait encore plus de la famille. Elle me valait, en outre, une installation particulière dans l'appartement. On me donna « l'arrière-boutique », la pièce proche de la cuisine pour y travailler. Elle donnait sur le long couloir dont mon père était si fier et, par une fenêtre, sur la cour de l'immeuble. Elle avait une cheminée de faux marbre noir, dont un coin était ébréché. On voyait, dessous, une poussière de terre brune que masquait le morceau manquant rafistolé. Dans cette mauvaise terre, j'ai planté quelques haricots et, convenablement arrosés, un jour, après bien des doutes et un abandon d'espérance, ils ont germé. Je les ai longtemps gardés.

On m'avait donné pour table un meuble de bois blanc peint, je ne sais pourquoi, en noir total. Avec un dessus en moleskine de même couleur. L'ensemble donnait l'impression, immédiate, d'un catafalque. Toujours obsédé d'Arthur, mon compagnon secret, j'écrivais : *la table noire aux fèves tropicales, où j'ai sué.* C'est là que j'entrepris la rédaction de mon grand œuvre. J'avais quinze ans, et, en toute simplicité, je l'intitulai : *L'Atelier de ma folie.*

En exergue, j'inscrivis : « Tout être normal est un fou ou un génie. On n'a jamais chanté les fous. » Je ne sais comment j'ai gardé en tête la première page : « Le ciel... il y a des jours où il est bleu, des jours où il est gris... C'est une âme, le ciel... Les physiciens ne le comprennent pas, avec leurs satellites ! ». En 1937, ça avait, du moins, le mérite de la prémonition.

*
* *

Turgot, la grande école...

A Turgot, la première année fut dure. Faute d'une propédeutique, je passai, grâce au concours, d'un monde dans un autre et commençai dans des matières que mes condisciples connaissaient de l'année précédente. J'étais un peu dépassé. De la rue de la Jussienne je n'avais avec moi qu'un compagnon, Marcel Angeli, et encore n'était-il pas dans la même classe que moi. Le premier travail qu'on nous fit accomplir fut de recopier, avec soin et sans faute, le règlement de l'école. Puis notre prof de sciences-Nat se signala par un zéro collectif parce que nous ne nous étions pas présentés avec un cahier de cours selon son vœu. On ne tarde pas à comprendre que ce sont là des rituels, des bizutages qui n'osent pas dire leur nom, mais, les premiers jours, surtout pour les novices absolus, on se trouve décontenancé. L'entrée des « première année » se faisait par la rue Volta et celle des grands rue du Vert-Bois et, même si on se retrouvait ensuite, au hasard des cours intérieures communicantes, la ségrégation n'en était pas moins affirmée. J'oubliais de dire que nous devions porter la casquette, galonnée, avec un T brodé en or, pour avoir accès à l'établissement. On disait, uniformément, *la gapette*. Elle était réellement exigée des bizuths. Ensuite, toujours réglementaire, elle devenait plus hasardeuse. En deuxième année, avachie, visière cassée, un nouveau galon doré doublant le premier défraîchi, elle était, au moins, dans le cartable. Ensuite, seuls quelques irréductibles l'arboraient encore, mais elle ne ressemblait plus à rien.

Le chemin, pour aller de la rue du Louvre à la rue Turbigo, était superbe. Passé mon ancienne école, je plongeais dans les venelles du quartier Saint-Denis. Il regorgeait de magasins de comestibles, dont l'un, un pâtissier, nommé Sthorer, est resté dans ma tête. C'était une boutique à l'ancienne qui perpétuait quelques types de gâteaux portant le haut Moyen-Age à la bouche. Je faisais parfois un détour rien que pour me régaler de la vitrine. Plus loin, c'étaient des marchands de salaisons, des imprimeurs d'en-tête de lettres et des resserres à diable. Voisines du ventre de Paris, ces rues regorgeaient d'ivrognes et de clochards fouilleurs de poubelles. L'un d'eux, que j'avais baptisé Victor Hugo à cause d'une barbe jadis blanche, se tenait le plus souvent assis sur le trottoir, entouré de ses sacs de jute emplis de déchets, le litron à la main, et il chantait. Il ne s'interrompait que pour boire une lampée ou lancer un rot sonore. Je l'aimais bien. Il y avait dans ses yeux, tristes et fixes, une lueur vague lorsque, passant dans son axe de vue, il me reconnaissait.

Le passage Greneta m'ouvrait son golfe d'ombre. Depuis Beaudelaire — que je fréquentais beaucoup — les passages avaient, pour moi, des voluptés troubles. J'imaginais des rencontres adultères, des préparatifs meurtriers, la vente de très jeunes filles pauvres et nues, des trafics d'opium — le tout macérant dans une lessive de petits employés à blouse grise et de commis de boutiques spécialisées en tampons encreurs. Itinéraire de liberté qui me menait aux études, c'est-à-dire, à mes yeux, vers une autre liberté, plus ample. Océane en quelque sorte.

La filière scolaire que je suivais était idiote. Elle résultait d'un choix paternel, guidé, sans nul doute, par le désir de me préparer un avenir victorieux, mais, comme c'est souvent le cas, elle reflétait ce qu'aurait fait l'ex-lieutenant Jullian s'il avait à recommencer ses études. Les parents sont obnubilés par une idée faussement simple qui consiste à imposer, pour leur bien, à leurs enfants le parcours qu'ils n'ont pas fait eux-mêmes. Ils font monter leur marmaille dans le train qu'ils ont manqué. Cela tient, en partie, à une illusion selon laquelle on est censé leur ressembler, ce qui n'est pas fatal, et l'erreur étant enracinée dans leur cervelle, ils se font gloire de n'en point démordre. Le point d'orgue de cette ânerie se trouve dans l'affirmation péremptoire :

— Tu me remercieras plus tard !

Non. Jamais.

Bref, Papa voulait faire de moi un ingénieur des Arts et Métiers. Souvenez-vous de sa passion pour la mécanique ou la télégraphie sans fil, qui, l'une et l'autre, ne la lui rendaient guère. J'étais donc en classe préparatoire comportant des heures *d'atelier*, tantôt de fer, tantôt de bois. Elles se déroulaient dans une sorte de grand hangar vitré, partagé en deux parties inégales, chacune d'entre elles étant réservée à un matériau. Le fer et le bois se présentaient pour les bizuths sous forme d'une plaque qu'il convenait, d'abord, de mettre d'équerre à des dimensions données. Ensuite, on exécutait *des pièces*. Tout l'art de la mortaise et du tenon nous était expliqué et nous avions à le traduire en pratique. De même, nous apprenions à *chanfreiner*, à façonner en oblique.

Je dis *nous*, à la vérité c'était *eux*. Les autres. Moi je n'ai jamais obtenu une pièce d'équerre, base de toute activité ultérieure.

Le fer m'était hostile. Je comprends la religion juive qui interdit au métal l'accès à la construction du temple. C'est ennemi. C'est couteau. C'est déchirure. L'odeur de la limaille — j'en confectionnais malgré moi à longueur d'heures — je trouvais qu'elle sentait le sang. N'importe : je limais. Quel que soit le labeur qu'on me confie, ça m'est resté, je fais ce que je puis pour le réaliser le mieux possible. Merci au lieutenant Jullian. Ça, je le lui dois. Je passais, avec conscience la lime puis, ensuite, plaçant l'équerre sur le plat de ma pièce, je vérifiais qu'il n'y subsistait aucun jour. Or, il y en avait. Soit vers le centre, si la surface était creuse, soit sur les côtés si elle était bombée. Le professeur surgissait derrière moi, me montrait comment s'y prendre, puis me passait l'outil :

— Encore deux coups là... doucement, un ici... et tu seras *plan*.

Je m'appliquais. Peine perdue. A la longue, la pièce étant devenue trop petite pour être travaillée aux cotes indiquées, on m'en donnait une autre. Ça faisait rire tout le monde — sauf moi, finalement. Pourquoi fallait-il que je sois aussi maladroit et aussi bien intentionné *en même temps* ? De toujours, j'ai aimé ceux qui *faisaient* les choses. Mon oncle de Guignes-Rabutin est l'artisan clef de ma mythologie personnelle. Un trait de mon caractère m'éloigne, à des moments précis, des intellectuels purs que je fréquente, c'est mon goût, ma prédilection même, pour l'ouvrage des mains. J'en voulais aux miennes. Elles me trahissaient. Elles me faisaient ressembler à un songe creux et, de cela, je ne pouvais m'ouvrir à personne.

Avec le bois, c'était pareil. Sauf que l'odeur de la scierie, à la différence de celle de la limaille, est bonne. Elle est amie. Un jour ou l'autre, on dormira dedans son dernier sommeil. J'en accumulais des kilos, blonds, sous mon établi. En aucune occasion, je ne suis arrivé à mettre une planche *de niveau,* mais il est juste de dire que j'ai failli y parvenir. A deux ou trois reprises. J'ai chuté de justesse. Je m'obstinais. En vain. On m'a donné 1 sur 20, par respect du travail fourni, tout au long de mes deux années d'atelier. C'est alors, sans que rien ne l'ait laissé prévoir, que le miracle est venu.

Monsieur Gratias, professeur de Français.

Il était natif de Toulouse et lui avait consacré un ouvrage dont le titre le décrivait tout entier. Il l'avait intitulé *La Coquette au Soleil.* Bien sûr, quand nous l'avons su, ç'a été la *quéquette au soleil* et nous l'avons regardé avec des yeux nouveaux. Ah ! les surnoms des professeurs, quelle jouissance printanière ! On essaie ses dents de jeune fauve et l'on cultive l'irrespect et la dérision, vertus cardinales. Notre répétiteur, futur professeur de philo, qui lisait, à la récré, *A l'ombre des jeunes filles en fleur* et qui avait tête inquiétante et chauve de gladiateur populiste, était *Spada,* du nom d'un bandit corse qui faisait la une des journaux. Notre autre répétiteur, prof de dessin industriel par intérim, manchot et bourru, était *Vache à trois pattes...* Gratias, lui, n'avait pas de surnom, on murmurait à son arrivée : *la quéquette...*

Si le pauvre homme avait su !

J'étais son chouchou au-delà des limites autorisées. Cela s'était installé dès la première récitation. On passait à tour de rôle. Lorsque le mien est venu, j'ai entamé avec une ferveur évidente :

« Sous les *lourds* marronniers qui perdent leur corolle... »

« Grands marronniers ! » ont corrigé quelques ronchonneux. Gratias, le regard malicieux derrière ses lunettes, s'est enquis :

— Qu'est-ce qu'il a dit ?
— Il a dit *lourds...*
— Il a raison, c'est bien mieux comme ça. Votre camarade a corrigé le poète et il a bien fait. Pourquoi les marronniers perdent-ils leur corolle ? Parce que leurs floraisons sont intenses, nombreuses, opulentes. Ce n'est pas parce qu'ils sont grands qu'ils

perdent leur corolle mais parce qu'à cette période saisonnière de leur existence d'arbre, ils sont *lourds*. Jullian a ajouté, sans le dire, la saison...

Comment ne pas aimer un homme pareil ? Je travaillais déjà comme un forcené en français. J'ai redoublé d'efforts à en devenir agaçant. Comme Gratias était, fors l'atelier, le professeur dominant, je collectionnais les notes supérieures à 18 et occupais la première place en permanence. Un jour, Gratias me retint après son cours. C'était pour me proposer d'écrire en collaboration une pièce de théâtre sur la jeunesse. Elle s'appellerait « Vivre » et elle était, en principe retenue, par Mme Paule Rolle, du théâtre de l'Œuvre. J'étais abasourdi. D'autant que mon professeur, le plus gravement du monde, me fit parapher, sitôt que j'eus accepté, un contrat en règle entre les soussignés, Louis Gratias, homme de lettres et Marcel Jullian, *homme de lettres*. C'était comme s'il m'ordonnait prêtre en littérature. J'en titubais encore en rentrant chez moi.

Aujourd'hui, je mesure la dose d'inconscience qui a toujours été la mienne. C'est vrai que rien ne m'étonne vraiment. De nature, je suis le contraire d'un crédule, mais je suis un croyant. Je ne connaissais pas, à l'époque, l'œuvre de Céline, mais, l'existence et les êtres me paraissaient capables de tout et de n'importe quoi. « Tout se paie dans la vie, écrit Bardamu, le bien comme le mal, mais le bien, forcément c'est beaucoup plus cher. » Là, la surprise était violente.

J'allais donc travailler, rue Buffon, chez mon professeur. Nous étions de Flers et Cavaillet, Rosny jeune et Rosny aîné, Eckmann et Chatrian. Il me traitait d'égal à égal avec un rien de précaution, me semble-t-il. Ma jeunesse lui faisait peur. Il craignait de se brûler. La pièce finie, nous l'avons, ensemble, portée chez Mme Rolle. C'était déjà une copie dactylographiée de la Maison Compère, spécialisée en cette matière et j'en ai longtemps conservé un double sur la table en fèves noires. Bien entendu, nous n'avons pas eu l'honneur d'une réponse. Et tant mieux, car l'œuvre était bien mauvaise.

Romains était devenu, après Loti et Farrère, mon romancier familier. Comme pour les deux premiers, j'ai lu tous ses livres, et j'ai entamé, par *Les Copains*, vite suivi du *Bourg régénéré* la croisière de l'unanimisme — ce qui me conduisait, imprégnation et imitation aidant, à rédiger mes compositions françaises avec un souci de style très particulier qui me valait, régulièrement, 19 1/2 sur 20.

Une veille de congé, le surveillant général s'étonna auprès de Gratias de la permanence d'une note aussi élevée.

— Vous avez raison lui répondit mon professeur et associé littéraire, ce n'est pas la note qu'il mérite... Non, il mérite 20 sur 20... Non pas, certes que soit parfait ce qu'il écrit... Quoi le serait d'ailleurs ? mais je ne crois pas qu'on puisse attendre davantage d'un élève de son âge...

J'ignorais tout cela quand, le lundi suivant, je fus convoqué, un peu avant la fin des cours, chez le surgé. C'était un homme petit et élégant, au cheveu blond léger et aux lunettes cerclées d'or. Il me reçut dans son bureau. Avec quelque solennité me sembla-t-il. Je le trouvais embarrassé. S'ensuivit un assez long silence. Puis, il se lança à l'eau et m'ouvrit la double porte vitrée de sa bibliothèque murale :

— Choisis le livre que tu veux !

Je n'y comprenais rien du tout. J'en pris un, tout à fait au hasard. Je crois que c'était *Ascanio* d'Alexandre Dumas ou un vague récit sur la Rome chrétienne. Je remerçiais poliment. Mon interlocuteur ne cessait de me dévisager. J'en arrivais à me demander si je n'avais pas commis une gaffe et n'avais pas choisi, par malencontre, un bouquin qu'il tenait à conserver. J'étais tenté de le lui rendre.

— Jullian... qu'est-ce que tu fais dans ta classe ?

Je n'en croyais pas mes oreilles. Sincèrement, je pensais que le monde entier, mon père le premier et lui immédiatement après, se foutait tout à fait de ce que je faisais dans ma classe. Il enchaîna :

— Tu es premier partout... même en mathématiques ce trimestre... et ton professeur de français me dit que tu mérites 20 sur 20... et tu as choisi l'option technique... où tu as régulièrement 1 sur 20 en atelier...

Il hasarda :
— Tu le fais exprès ?
— Non, Monsieur.
— C'est ton père qui a voulu que tu prépares les Arts et Métiers ?
— Oui, Monsieur.

Son visage se fit grave. Il y avait en lui quelque chose de féminin, de racé, que je n'avais pas décelé jusque-là. Et c'est précisément cela, cet aspect non viril, qui se fit soudain volontaire :

— Je vais voir ton père chez lui ce soir. Demain, tu n'iras pas en classe sans m'avoir vu !

Sacré Maillart ! Cela me revient, d'un coup ! Son nom et l'histoire de Marot que j'avais découverte. L'exécution de Semblençay, condamné au gibet, qui paraissait, tant son attitude était digne, conduire « le lieutenant Maillard » à Montfaucon pour y « l'âme rendre ».

Il alla voir mon père, le tança (je n'eus jamais de détail) et, le lendemain, devant Louis Gratias qui ne comprenait rien, je suis entré dans la classe, j'ai réuni mes affaires, je me suis levé, j'ai salué mon vieux professeur :

— Merci de tout, Monsieur.

Et je suis parti dans une autre classe — sans atelier — et qui préparait à la Fac de Lettres. Moi, je rentrais chez moi. C'est la phrase même du télégramme de Françoise Sagan quand j'ai quitté la présidence *d'Antenne 2* :

— Enfin, vous rentrez chez vous...

Mais Gratias, lui, avait les larmes aux yeux. Et je ne suis pas très fier de moi, là, au moment où j'écris que son regard était mouillé.

Les trois mousquetaires...

D'Artagnan, pour nom d'emprunt, avait Jacques Zoute. Porthos se nommait, à l'état civil, René Durand. On l'appelait Durand René. Aramis avait pour patronyme Guilloux. Moi, j'étais Athos. Beaucoup plus tard, il m'a été donné d'habiter son ancien appartement (celui que Dumas lui avait assigné et décrivait avec complaisance) rue Ferou, au rez-de-chaussée sur cour.

Nous étions alors trois, pardon *quatre* inséparables. Sans compter mon fils Bragelonne, dont j'ai oublié la véritable identité et qui me valut d'être attiré, pour sa défense, dans la cour des anciens où on le prétendait prisonnier, et là, de recevoir, des sbires du Cardinal, la plus belle volée de ma jeune existence. Ils m'ont fait éclater le nez qui, d'origine, n'était déjà pas un modèle de la statuaire grecque. Ensuite, je ne vous dis pas... D'abord, la tête plongée sous l'eau froide, puis transporté à l'infirmerie où Maillart avait été appelé d'urgence ; pissant le sang, une mèche de coton dans chaque narine, j'ai vaillamment répondu aux hommes noirs

qui me demandaient de désigner mes agresseurs :
— Je suis tombé dans l'escalier.
Maillart insistait :
— Voyons, Jullian... Je ne vous demande pas de dénoncer...
Ce sont des brutes... demain ils s'en prendront à quelqu'un de plus faible... C'est lui que vous condamnez en vous taisant...
— Je suis tombé dans l'escalier, Monsieur.
Merci, grand-père !
Nous nous entendions bien, Jacques et moi, et nous n'avons jamais cessé depuis. S'était créée entre nous deux, avec extension privilégiée vers Durand René, une amitié attentive, amusée, laborieuse et impertinente qui a joliment marqué mon adolescence. Les parentés avec les mousquetaires du Roi, pour illusoires qu'elles soient, nous fournissaient une éthique d'où toute lâcheté était fatalement bannie. En classe, nous travaillions beaucoup et ceci, pour la bonne et simple raison que nos parents (Jacques vivait seul avec sa mère) ne nous auraient pas accordé une nouvelle chance si nous avions dû redoubler. Le terme exact était qu'on nous *laissait* faire nos études. A nous de les mériter.

Quand j'écris cela, je mesure le chemin parcouru dans les mentalités. Question discipline, qui n'était guère notre point fort, on apprenait, à défaut de mieux, le moyen de la tourner ! L'administration de l'école ne savait pas ce qu'elle faisait, du moins pour certains d'entre nous, lorsqu'elle nous infligeait la corvée de recopier, ligne à ligne, le règlement de l'établissement. C'est là, j'en témoigne, que nous avons puisé l'anti-règle du jeu, celle qu'on pouvait utiliser à certaines heures et à risques calculés et modiques. Par exemple, sept mauvaises notes dans la semaine entraînaient l'octroi d'un avertissement. Un carton jaune comme au football. Un avertissement se disait *avaro*. Trois avaros valaient un jour de renvoi. Au deuxième, on rentrait chez soi.

Les professeurs « pleins » disposaient, *à l'heure*, d'un crédit de points de deux mauvaises notes ; les répétiteurs d'un seul. Par voie de conséquence, le vendredi soir, si on n'avait que cinq mauvaises notes et qu'on passait la dernière heure avec un pion, on pouvait s'en donner à cœur joie. Les mousquetaires tenaient, de ce jeu des mauvaises notes, un relevé attentif. Et celui d'entre nous qui disposait de l'impunité faisait serment d'en tirer le meilleur, ou, si vous préférez, le pire usage. J'y excellais. L'œil candide, ayant monté, avec mes camarades, une machine infernale (un jour, plusieurs réveils, empruntés aux familles, glissés dans les pupitres des places vides et sonnant à des intervalles de deux minutes), je regardais Spada qui, de son œil globuleux, me maintenait sous surveillance. Quand le vacarme se déclenchait et qu'il tonnait :

— Qui a fait cela ?

Je répondais, de ma voix la plus douce :
— C'est moi, Monsieur.
Et, serviable, j'ajoutais :
— J'ai déjà *cinq* mauvaises notes.

Furieux, il me mettait la sixième. Parfois, tant son dépit était grand, il me faisait l'affront de me l'épargner.

Une fois, il m'a possédé. Et possédé pour de bon et à jamais. L'homme était intelligent. Il gardait sa bande d'imbéciles afin de gagner l'argent de ses études supérieures. Nos farces et nos ricanements ne l'amusaient pas. Il essayait, en fronçant les sourcils, de ne point nous entendre. Ce vendredi soir là, comme nous faisions tanguer doucement, puis avec une amplitude grandissante, nos tables et nos bancs, si bien que la classe entière paraissait naviguer sur une mer déchaînée, il leva les yeux, constata l'horreur du désastre, et se replongeant dans son Marcel Proust, annonça :

— Machard... une mauvaise note !

Un cri déchirant sortit de la gorge de mon voisin de droite. Il était toujours pâle, du type lymphatique, du genre impressionnable et habité d'une très grande crainte d'être renvoyé. Dans la conjoncture, il n'était coupable de rien. Il se leva :

— Monsieur, mais je n'ai rien fait.

— Machard, une mauvaise note !

Les larmes montées aux yeux, Machard plaida sa cause :

— Monsieur, ça serait ma septième... je vous jure que je n'ai rien fait...

Pauvre Raymonde ! On appelait ainsi Machard par référence à Raymonde Machard, auteur féministe d'un roman qui nous avait paru culotté, intitulé *Femme ton corps est à toi !* et dont on se lisait, en étude, des passages succulents. Spada, ignorant la supplique, porta la sanction sur le livret. Je décidai donc de me lever et mon doigt du même coup :

— Monsieur, c'est injuste. C'est moi qui ai tout fait. Machard n'y est pour rien.

Spada me lança un regard de bovin triste :

— Je sais, Jullian, que c'est vous et que je ne peux strictement rien pour vous en empêcher. Sauf, précisément, punir l'un de vos camarades innocents et qui risque de le payer très cher. J'espère qu'il se souviendra qu'il vous le doit.

C'était sans réplique. J'avais fait le malin avec le règlement et le répétiteur le retournait contre moi en prenant un innocent en otage. Je n'ai jamais plus recommencé.

Le football virtuel

Nos sottises en cours de récréation n'avaient pas de caractère de gravité. Nous avions quinze ans, le sang vif, un grand besoin de nous dépenser et nous jouions au football entre les piliers des arches du préau-promenade. Je précise que nous utilisions comme ballon une balle de ping-pong sur laquelle nous frappions de toutes nos forces, du plat de la main. C'était, on le voit, inoffensif.

Il est juste de dire que la pratique de ce sport miniaturisé nous entraînait dans des courses folles et qu'il nous arrivait parfois, tant nos ardeurs étaient fortes, de bousculer, bien malgré nous, un surveillant. D'où l'avis placardé un lundi matin : « Il est interdit de jouer à la balle dans les cours. » C'était si contraire au bon sens que j'allai plaider la cause de celui-ci auprès de *Vache à Trois Pattes*. Je lui présentai la balle de ping-pong.

— Monsieur, c'est avec cela que nous jouons...

Du regard, il m'indiqua l'avis :

— Eh bien ! c'est une balle...

Je décidai de ne pas en rester là. Face à l'administration, forcément quelque part imbécile, il faut prendre le temps de chercher la faille. Je la trouvai. Dans le fond, c'est *la balle* qui était prohibée. Il suffisait donc de ne point s'en servir. Et j'inventai le football *sans balle*. Je le baptisai *football virtuel*, parce que nous en étions, en optique, à l'image réelle et l'image virtuelle. Les mousquetaires annoncèrent le match du siècle et l'assistance d'affluer. Jamais on ne mit autant de pompe aux préparatifs d'une rencontre. On aligna les équipes. On chanta les hymnes. Et, ayant pris place sur le terrain, on attendit le coup d'envoi. De l'œil, je surveillais *Vache à Trois Pattes* encore circonspect, et, au sifflet, j'oubliai tout pour me jeter dans le combat. D'emblée, il fut épique. On se bousculait, on hurlait : But ! à tout propos, on se lançait des bourrades. Certains, même, en venaient aux mains.

— Jullian... Venez ici !

J'obtempérai.

Dans l'attente du carton rouge éliminatoire qui m'aurait renvoyé aux vestiaires, chacun s'approcha.

— A quoi jouez-vous ? me demanda le pion sourcilleux.

— *Au football,* Monsieur.

Essoufflé par le sport, j'illuminais à la perspective de la blague.

— Donnez-moi votre balle...

Et *Vache à Trois Pattes* de me tendre sa main unique. Le moment de la candeur infinie était venu.

— Je n'ai pas de balle, Monsieur... (et, angélique) c'est interdit.

— La balle !

— Y en a pas.

— Et à quoi jouez-vous ?

— Au *football.*

— Vous vous foutez de moi ?

— Non, Monsieur, on joue au *football* sans balle et c'est beaucoup plus dangereux parce que chacun prétend l'avoir, mais c'est tellement plus amusant...

J'allais repartir au jeu, mais il m'arrêta d'une voix tonnante !

— Accompagnez-moi chez M. Le Surveillant Général.

Pauvre M. Maillart ! Il connaissait mes tours mieux que moi et quand il nous vit arriver tous les deux, l'un, le visage rouge d'excitation et l'autre, blême de colère, il se douta tout de suite de l'objet de notre querelle. Je me connais de longue date dans ces instants où l'on sent que la poudre des paroles vaines va pétarader. J'y suis merveilleusement à l'aise. J'ai ma conscience pour moi. Les adultes qui se mettent en colère ont de tous temps fait ma joie. C'est la fête du convenu et des grands principes moraux en sautoir. On ne peut pas gueuler fort en utilisant des mots simples. C'est une règle implacable. D'où la nécessité d'être excessif, et donc à la frontière du ridicule.

— Jullian, à qui je demande sa balle pour la lui confisquer, refuse de me la donner.

— Donnez-la Jullian, ordonna Maillart déjà désabusé.

— Je ne me serais pas permis de faire attendre M. le professeur... (en l'appelant professeur comme ils nous l'imposaient, je savais rendre les répétiteurs antipathiques au pouvoir séculier)... Non, je n'ai pas de balle parce que c'est interdit.

— Alors à quoi jouiez-vous ?

— Au *football*, Monsieur.

— Vous voyez ! s'écria *Vache à Trois Pattes*.

Je précisai aussitôt :

— Mais on joue au football *sans* balle ou plutôt avec une balle imaginaire ce qui est, comme je le disais, beaucoup plus dangereux.

Le lendemain, l'avis fut remplacé : « Il est interdit de jouer au *football* avec ou *sans* balle. »

Nous avions triomphé. Du moins sur le tapis vert. Restait à vaincre sur le terrain.

Le moins que nous désirions, c'est que nous soit reconnu le droit de jouer avec une balle de ping-pong. J'organisai alors, avec le concours des plus hardis, un grand tournoi de marelles. Pour y participer, il fallait être en culottes courtes. Nous les avions abandonnées l'année précédente pour la plupart d'entre nous et elles ne nous allaient plus très bien. On les sortit des placards, et *gapette* vissée pour une fois sur la tête on se rendit à l'école, en dépit du ridicule profond de notre tenue. En cours, sitôt que l'un d'entre nous se levait, tout la classe explosait. A la récréation, quand on déballa nos craies de couleurs et qu'on se mit, tous ensemble, à sauter sur un pied avec de grands cris de filles, il y eut un frémissement dans les rangs des forces de l'ordre. A la récréation suivante, l'écriteau avait disparu et nous reprenions nos jeux et nos ris pacifiques.

La demoiselle à l'arc-en-ciel

Elle n'a pas joué d'autre rôle dans mon adolescence

que celui de changer d'écharpe chaque jour. Elle en avait trois ou quatre et ne portait jamais la même deux fois de suite. Nos heures coïncidaient presque. Parfois je me hâtais de sortir pour ne pas la manquer. Il m'arrivait, en revanche, de flâner avec les mousquetaires dans la rue du Turbigo jusqu'à ce que la demoiselle apparaisse. Jaune paille, turquoise, rubis ou vert Nil, je la repérais, petite silhouette élégante et jeune, parmi les passants. Nous nous croisions. Nous l'avons fait des dizaines de fois en quatre ans, jusqu'à l'année du bac. Je suis sûr qu'elle aussi s'arrangeait de façon à ce que nos routes se croisent. Elle était jolie. Mes compagnons ne m'auraient pas autorisé une telle assiduité, si elle ne leur avait pas paru la mériter. L'inconnue à l'arc-en-ciel s'est installée dans notre vie. Elle ignorait tout de nous comme nous ne savions rien d'elle. Nous prenions grand soin de n'être jamais informés. Un seul prénom aurait suffi à la faire basculer dans le réel, précaire et commun, qu'on lui imaginait. Sans le lui dire, on la voyait volontiers vendeuse à Lanoma ou dactylo dans un magasin du Temple. Non, la jeune fille de la rue Turbigo, jusqu'au bout de nos études, nous fit la grâce d'être totalement mystérieuse. Elle demeura, dans le secret de nos cœurs, Madame Bonacieux. Nous étions quatre à veiller sur elle. Nous avions beau aller sur nos quinze ans, d'agir ainsi, volontairement ignorants, nous nous sentions meilleurs.

Une terre fertile en enseignements

Je l'ai déjà observé : tout pèlerinage dans les souvenirs d'enfance, autour d'un point topographiquement précis, entraîne, à la longue, une série d'évidences que l'éparpillement, mêlé d'oubli, avait négligées.

A mes jeunes années, rien ne m'intéressait davantage que l'étude. Les vacances n'avaient pour moi qu'un attrait relatif. Cela tenait, sans nul doute, à l'éducation paternelle et maternelle selon laquelle, par exemple, manquer l'école, fut-ce un jour et à cause d'une violente poussée de fièvre, était motif de honte. La maladie, l'incapacité temporaire ne protègent nullement de la culpabilité envers le travail qui n'a pas été accompli. A la limite, on pourrait affirmer et vite démontrer que, seuls, les paresseux sont faibles de constitution.

Pourtant, les grandes vacances me trottaient assez souvent dans la tête. A partir d'une certaine époque s'y mêlaient l'attente, fiévreuse, de revoir Jo, ma petite complice marseillaise, mais même avant de la connaître, j'aimais voir arriver les beaux jours, et, par voie de conséquence, l'heure de prendre le train pour Marseille ou pour Château.

A Paris, j'apprenais le commerce avec autrui, les lois non écrites des grandes concentrations humaines, les « villes tentaculaires » chères à Verhaeren ; en

Provence je retrouvais le sacré, c'est-à-dire le rapport invisible avec les morts. De ce voyage d'aujourd'hui à hier qui me conduisait de la capitale à la province, je conserve de belles certitudes. Mon pays d'enfance est, pour moi, de toujours, synonyme de liberté. Pourquoi cela ? Parce qu'elle se trouve dans l'air qu'on y respire. J'aimerais en accumuler les preuves. Dans les cahiers de doléances du bailliage de Marseille, j'ai relevé cette adresse, superbe, des gens de la citée phocéenne, au Roi Louis XVI : « Sire, si vous nous faisiez l'honneur de nous convoquer à Versailles nous nous y prosternerions devant le Roy de France, mais si, quelque jour, votre Majesté passait par Marseille, nous saluerions en elle le comte de Provence. » La décentralisation, l'identité, l'échange et non la dépendance sont inclus dans l'héritage comme les cyprès ou le vent mistral.

Je ne m'étonne donc pas, lorsque je reviens au livre de Julien Jouffron et Jean Clamen, d'y relever quelques lignes du texte qui, le 4 octobre 1488, scellait la Provence à la France : « ... les avons adjoints et unis, adjoignons et unissons à nous, et à la couronne, sans que à icelle couronne, ils soient aucunement subalternes, et aussi pour ce que de renoncer à leurs dicts privilèges, libertés, coutumes et droits... »

J'ai lu attentivement tout l'ouvrage qui verra bientôt sortir son tome second, lequel conduira du XVIIIe siècle à nos jours. J'y ai cherché trace de mes aïeux, « si sages, si sages » disait Mistral. Des Ginoux, des Mascle, il n'en manque guère. Étaient-ce les « miens » ? En voici un dont je ne suis guère fier : le 10 octobre 1793, « Jean Mascle dénonce Pierre Aleron dit « Tarascon », et Angevin, pour propos contre les sans-culottes ». Et dans ce même Cahier des Dénonciations je découvre, pour la première fois, un Jullian. Bonheur ! Il est dans les « dénoncés ». Par un certain Honoré Sylvestre qui l'accuse de l'avoir menacé. Raymond Jullian, exactement comme mon père.

En cette même année 1793, nul Jullian dans la liste des cornichons locaux qui écrivirent à la Convention afin qu'elle décrêtat de débaptiser Châteaurenard — le mot « château » leur étant devenu insupportable — pour l'appeler « Mont-Renard ».

Ce qui fut fait le 25 Brumaire de l'an II par décret mais sans nul effet réel sur les habitants qui conservèrent l'ancien nom dans leurs conversations et leurs écrits. N'empêche que la fameuse commune, sous l'impulsion de son maire, Jean-Pierre Gay, célèbre avec pompe, le 15 décembre, la fête civique. « Dès le grand matin, les tambours se sont fait entendre. Peu après, un chœur de jeunes gens chantant par la ville les hymnes républicains, accompagné d'une musique guerrière, a donné le signal de la joie... »

« A dix heures du matin, le Comité de Surveillance, le Tribunal de la Paix, la Garde Nationale en armes, la Municipalité, le Conseil, la Société Montagnarde, le Peuple enfin, s'achemina, au bruit des tambours, au son de la musique et aux cris mille fois répétés de "Vive la République" "Vive la Montagne", à l'autel de la Patrie, dressé au pied de l'Arbre de la Liberté. »

« Les bustes de Brutus, de Marat, de Lepelletier, les tables des Droits de l'homme et l'acte constitutionnel étaient portés en triomphe par de jeunes citoyennes vêtues de blanc, précédées par la Déesse de la Raison, ayant à ses côtés, la Philosophie, sa mère. » « Marchaient devant, les enfants et les vieillards vénérables, portant des couronnes, des chaînes de laurier. »

« Suivait la charrue, garnie d'épis dorés, symbole de l'abondance qu'elle nous procure. Arrivés à l'autel, le citoyen maire Gay a prononcé un discours énergique, analogue à la cérémonie. »

Je crois les voir mes grands ancêtres, encore embrumés de mots au-dessus de leurs moyens et de vin un peu plus que de raison, attablés à la mairie, dressant procès-verbal de la journée triomphale et s'accordant — à la suggestion duquel d'entre eux ? — à décréter l'allocution du maire « analogue à la cérémonie ». Que les platanes du Cours pourraient en raconter des choses !

L'année suivante, le 21 Ventôse An II, la municipalité donne la liste des émigrés. J'y relève sur les 23, deux Mascle, un Raymond et un Pierre. Et on n'y allait pas de main morte à leur égard ! : Un certain Mercurin, « républicain montagnard », conseillait par lettre : « Faites saisir et enfermer tout ce qui peut être suspect. La modération est le plus grand de tous les crimes. N'ayez d'égard ni à l'âge, ni au sexe car il y a beaucoup de femmes dont les maris sont émigrés, qui vivent tranquillement dans la commune de Mont-Renard ». (celui-ci écrit « Mont-Renard »).

Vient l'an 1795. Et, avec les dures réalités, le bon sens. En janvier, ou si vous préférez Pluviôse An III, le Conseil décrète :

« Ce qui doit nous occuper le plus actuellement, c'est de pourvoir à la subsistance des habitants. »

« Veillons-y jour et nuit s'il le faut, pour que les citoyens ne manquent pas de pain. Tel est l'objet de nos plus vives sollicitudes. »

Et de nommer douze commissaires avec mission de parcourir le territoire. Parmi eux, Jean-Baptiste Ginoux pour la ville, J.-B. Ginoux dans la section Gentelin et Jean-François Ginoux dans la section des Caïns.

On dresse, cette année-là, la liste de la population. L'énumération est magnifique :

« Morts à la défense de la Patrie 29, Veuves 26, Veufs 63, Hommes de tout âge 426, Femmes de tout âge : 432, *Gailou* (garçons) 436, Filles 498. »

« Chevaux 7, juments 19, poulains 3, ânes et ânesses 150, moutons 39, brebis 1 449, agneaux 137, chèvres 3, porcs 286, truies 25. »

L'heure des règlements de comptes approche. Déjà, en Vendémiaire An V, Pauleau, adjoint municipal, se fait apostropher sur le Cours de la Liberté :

— « Où vas-tu scélérat ? Tu es municipal, tu n'es qu'un coquin, un brigand, un voleur, un "mange-commune" ! »

Et, le 12 Nivôse de l'An VI, un tableau est dressé « des meurtres, assassinats et dévastations commis en haine de la République pendant les deux réactions qui ont précédé et suivi la journée du 30 Vendémiaire ».

Les atrocités n'y manquent pas. Jean Mascle, 19 ans, cultivateur, est tué de plusieurs coups de baïonnette et jeté en Durance. Joseph Ginoux, agriculteur, est blessé mortellement d'un coup de feu à la cuisse, étant de garde à la Maison Commune. D'autres ont été obligés d'abandonner leur foyer pour se soustraire au poignard des royalistes. Parmi eux : Valérien Ginoux, cardeur en laine. Avec un beau lyrisme, le récit municipal conclut :

« Dans ces entrefaites, l'aurore est arrivée, éclairant les horribles attentats. Les brigands ont commencé par lâcher de pied. En le même moment, on a entendu sonner le tocsin à Graveson, à une lieue de Châteaurenard. Les rebelles, s'imaginant que des secours allaient nous arriver, se sont portés sur la montagne qui est au-dessus du village, et se sont retirés... Des panaches blancs ont été trouvés dans les rues du village, et sur les chemins qu'ont pris les assassins dans leur fuite... »

En 1799, la Commune fournit la liste des vingt plus forts contribuables de Châteaurenard. Y figurent Jean-Baptiste Ginoux et Pierre Mascle. Et, en Fructidor, le nouveau maire, Honoré Blet, s'écrie : « O ! Citoyens, si votre propre intérêt vous touche, que les méfiances disparaissent, que les inimitiés cessent ! N'êtes-vous pas assez instruits à l'école du malheur ! ».

Châteaurenard se met, à nouveau, à se ressembler.

Un jeune homme venu de Paris...

Un seul de mes aïeux dans l'histoire de mon village natal et encore est-ce pour avoir été dénoncé ! Cela me convient à merveille ! Je n'aurais pas souhaité davantage et surtout mieux. J'aime l'idée de cette bourgade qui compte ses bestiaux avec ses hommes et femmes et qui appelle au bon sens et à l'amitié après avoir coupé les bras et mutilé la statue de la Déesse Raison. Entre-temps, elle a veillé à nourrir ses habitants.

Dès lors, je ne m'étonne plus de la force du sentiment qui m'y ramenait, chaque année, aux beaux jours. J'ai, dans la tête, des images de chars fleuris, de carrioles ramées, de chevaux enturbannés. Y passaient les arrière-arrière-petites filles des vierges vêtues de blanc des saturnales républicaines d'antan. Les mêmes vieux, vénérables, devant les portes, les garçons bruns solides, descendants des sans-culottes et des royaux, habiles comme eux, devant le taureau. La même absence apparente de Dieu. Du beau paganisme fruitier enguirlandé de laurier-sauce et de branches d'olivier. L'église, pourtant, n'est pas loin. Les cloches appellent. Y vont les femmes tandis que les mâles s'approchent des cafés, avec la gravité particulière et délibérée de ceux qui se savent le droit, labeur accompli, de se rendre aux plaisirs simples. On sert le pastis. On joue aux boules. On discute rugby ou P.M.U. Les jeunes qui « fréquentent » se sont, déjà, envolés. Ils ont la fraîcheur canaille des phrases de Mistral :

— Mère, Jean me touche !

A Jean :

— Jean, touche-moi...

Pour les rameaux, la tradition voulait qu'ils fussent en fruits confits. De véritables petits arbustes de fil de fer dont chaque branche portait, qui un abricot, qui une poire, qui une prune reine-claude, et, au sommet, dans un flot de rubans roses ou bleus, un melon nain ou un cédrat. Une année, Jojo s'était trop penchée au passage du prêtre. Le crochet de son rameau s'était pris dans la dentelle de l'aube blanche du curé. Rouge de confusion mais bien décidée à ne lâcher son rameau pour rien au monde, elle avait suivi les officiants dans l'allée et, arrivée à l'autel, avait tiré un bon coup sur son rameau pour délivrer ses friandises.

Maintenant beaucoup de choses avaient changé. En moi, d'abord. Je devenais adolescent et donc fatalement plus trouble. Je fumais des cigarettes *Mewa,* une marque polonaise que l'on disait la plus opiacée de celles mises en vente chez les buralistes. C'était un paquet bleu ciel où se découpait une mouette blanche. Disons que je n'étais plus qu'un petit Parisien, donc un petit prétentieux en vacances. Lolotte était loin, avec ses ailes de papillon et ses grands yeux étonnés. Et, un à un, déjà, les souvenirs tombaient en moi comme des feuilles mortes...

Restaient les rituels. Jeanne servait toujours la salade frisée avec ses croûtons aillés dans une cuvette émaillée rouge et blanche, pour ouvrir le repas. Venaient souvent aussi, les fameux beignets de pommes de terre, râpées à cru. Le soir, s'il en restait, on les servait froids, ayant purgé leur huile de friture. Je ne sais rien de meilleur. C'est le tubercule vrai, sans ses apprêts habituels. Il y avait aussi les mêmes courses cahotantes à l'arrière de la camionnette, les mains cramponnées aux ridelles, le visage fouetté de feuillage, avec de la poussière blanche et du soleil... les marchés d'alentour, avec leurs hauts platanes et leurs odeurs fortes. La gare, aux allures de station du far-west, sa baraque Adrian, sa maisonnette administrative, son manche à eau et l'obsédante plainte du mistral qui joue à faire voler les papiers d'emballage... Il paraît, qu'un jour de forte colère, il a fait tant et si bien qu'il est parvenu à déplacer un wagon en gare de Rognonas et à l'écraser contre les butoirs...

Au bout de quelques semaines, je prenais le train ou l'autocar Matteï, vert et blanc, à Avignon, destination Marseille... Le Vieux Port et l'Estaque m'y attendaient...

* * *

O! les jardins d'Endoume!

Ma marraine aussi.

La vraie.

J'ai dit que j'en avais deux : la titulaire et la remplaçante. La première était ma tante Brigitte, une Lovisi, une Corse noire qui avait épousé mon oncle Flandrin lequel exerçait la haute profession de capitaine au long cours. L'appellation me fascinait. Hélas, tante Brigitte aidant, elle ne signifiait pas grand-chose. Afin de complaire à mon exigeante marraine, l'oncle avait renoncé à la Compagnie Paquet pour la Bornardel, estimable société de chalands gros porteurs qui cabotaient entre Marseille et Sète et retour. Il commandait une barcasse. Seul reflet de sa gloire éteinte, il arborait, à l'instant d'entrer dans les ports dérisoires, sa casquette dont les ors étaient de la couleur de ses illusions et ne brillaient plus guère.

La remplaçante, j'en dis deux mots. La tante, le jour où l'on procéda à mon baptême, n'avait pu, pour des raisons, déjà, de santé, « monter à Paris ». Maman, toujours prompte à adopter une solution draconienne, lui avait substitué l'une de ses amies d'alors, femme fort élégante et parfumée, plutôt potelée que maigrichonne et qui était, me semble-t-il mariée à un négociant en vins. Peut-être à une autre profession. En tout cas, ils étaient aisés, agréables, et ma mère ne tardant guère à rafraîchir sa passion pour l'épouse, les relations, et donc les cadeaux cessèrent vite.

A Marseille, l'autre, l'authentique, la familiale, l'insulaire, la *terrible,* veillait... C'est peu dire qu'elle était *rapiat,* elle ne songeait qu'à rogner sur tout.

— Elle ferait des pinces aux vitres, affirmait mon grand-père qu'elle agaçait beaucoup.

La maison à Endoume, quartier de Marseille surplombant le Prado, était construite sur deux rues étagées. Par celle du haut, on accédait à l'appartement qui donnait, grâce à une immense terrasse sur le fouillis du jardin, lui-même ouvrant sur la rue d'en bas. C'était une fête végétale, un univers comme suspendu, très colonial d'aspect. Une fois poussée la porte, on trouvait l'ombre verte et, au plein de l'été, c'était délice. L'oncle portait des pantalons de toile claire, couleur mastic, de coupe militaire, une chemise à col rond et des bretelles d'Intendance. Il avait le visage rougeaud et de grosses moustaches. Comme

1ᵉʳ mai 1915
La photographie au soldat : ma grand-mère, ma mère, ma grande sœur « qui se languissent de l'embrasser ».

Ma mère au cerceau
photographie artistique de Marseille.

1933. Déjeuner sur l'herbe à Vernon. Mon père est à droite.

Un jour qu'on m'avait amené au mazet.

Le Café de Paris, sur le cours, quand j'avais quatre ans...

Le Marché, cours Carnot.

*Mon père et ma mère, en janvier 1916
J'avais exactement moins six ans...*

*Chez Jeanne Barroyer, ma nourrice...
Elle est au fond, en noir, des papiers à la main.*

Devant chez Jeanne, en vacances.

Maman, en Arlésienne...

Châteaurenard d'avant-guerre et ses tours. Une carte postale que ma mère envoie le 12 février 1914.

La voilà, l'équipe de rugby de Château pour la saison 1924-25...

Jojo, ma mémé et moi à la plage...

Sur le Réal, en plein jour, en pêchant des illusions...

Ma mère chinoise...

Mon père, en gandin.

Marseille et son pont transbordeur.

Le Marché place de la Fontaine.

Jojo ma petite sœur et moi. Séance de pose avec un chien complaisant.

Quand j'étais louveteau dans la cour de l'Olivier de Nice à Neuilly.

Ma première dédicace :
« *A mon cher papa et chère maman chérie avec toute ma tendresse. Marcel, janvier 1931.* »

A la conquête de Paris... Châteaurenard est au bout de l'année scolaire.

La statue à la gloire de la Durance, entre Cérès et Mercure.

Brigitte le faisait superbement « chier » — c'était son mot lorsqu'elle était trop insupportable — il se réfugiait dans sa cave où il mûrissait ses vins, ou sur la terrasse, où son journal déplié lui servait de rempart. Je l'ai toujours soupçonné de rêver, dans ces moments-là, à de petites négresses rieuses, habiles à certains jeux, et qui distrayaient son vague à l'âme, avec une insupportable lenteur, tandis qu'une autre, nue et épilée, l'éventait avec une palme. Je souhaite ne pas m'être trompé, car faute de vie, il aurait eu, du moins, un imaginaire. Sa lecture préférée était celle du mouvement des navires. Quand un grand *steamer* de renom mondial était annoncé pour le lendemain, c'était comme si on lui faisait part d'une naissance. Il ne résistait pas au plaisir de rendre la nouvelle publique :

— Tu te rends compte ! Le *de Grasse,* en provenance de Singapour, avec 2 400 passagers et je ne sais combien de tonnes de frêt. Il sera au quai 4, môle 5, demain, à 7 h 30...

Il récitait ainsi les appontages et les départs dont ma marraine, confite en dévotion et en égoïsme, l'avait frustré. Mon oncle était un châtré du grand large. J'en étais si violemment convaincu que j'en arrivais, parfois, à la haïr, elle. Elle se croyait obligée de m'occuper. Souvent, les grandes personnes sont ainsi : elles ennuient les enfants sous prétexte que les enfants ne doivent pas s'ennuyer.

Sitôt qu'elle s'était mise à l'aise pieds nus dans les

sandales, le corps libre dessous une blouse de toile, elle chaussait ses lunettes et me désignait une activité quelconque :

— Marcel, écosse les haricots... Marcel... lave la salade... Marcel les petits pois... Marcel cherche le sécateur et porte-le à ton oncle...

L'oncle, lui, hochait la tête :

— Fous-lui donc la paix à ce petit...

Brigitte répliquait par des poncifs. Elle s'en nourrissait comme d'autres ne cessent de grignoter des petits beurres. Cela allait de : « L'oisiveté est mère de tous les vices », à « un enfant de son âge doit apprendre à savoir tout faire ! » en passant par « Yvonne m'a confié son fils. Tu la connais. Elle n'aimerait pas le savoir oisif. »

Moralité, ma tata avait embauché, sans coup férir, en ma personne, une petite bonne à tout faire pour l'été. Je n'en souffrais guère. Brigitte ne comptait pas à mes yeux. C'est l'oncle que j'aimais. L'étranger à la famille, le faux débonnaire angoissé par tant de sottises. Il avait pris l'habitude de subir. A la longue, il ne devait plus en être très humilié. Il plaignait cette femme impossible, qui le dominait sans en avoir le droit, n'offrait pas le moindre attrait physique, n'était pas cultivée, ignorait le rêve et ne devait pas se montrer exceptionnellement surdouée dans leur chambre. L'oncle avait forniqué avec toutes les races de la terre. Je pense qu'il avait décidé, ou plutôt que le destin avait décidé pour lui, qu'il finirait sa croisière terrestre avec une grenouille de bénitier, avare, inhabile et querelleuse. Unique consolation ! l'oncle picolait. Son nez bourgeonnant en était le premier informé.

Bonne catholique, Brigitte allait aux vêpres chaque après-midi. Elle m'y emmenait, sauf quand son mari trouvait un subterfuge afin de me les éviter, sous prétexte d'une besogne qu'il aurait eu à me confier. Sitôt ma marraine partie, il me donnait quartier libre.

Quand je sortais avec ma tante, c'était l'horreur. Elle marchandait aux boutiques. Elle grapillait l'innommable, reniflait la déchéance alimentaire et tripotait les produits prêts à tourner. Elle arrivait avec les mouches, à la même heure, lorsque navrés d'avoir été si longtemps exposés, les comestibles défaillent.

— Combien vos limandes ?
— C'est de la sole, ma belle.
— Ah ! Ne mentez pas par-dessus le marché... Combien... Quoi ? Un prix pareil ? Pour un poisson qui n'est même pas frais...
— Et toi, tu t'es pas regardée... tu es fraîche, peut-être ?

L'offense ne l'atteignait pas. Seul le rabais qu'elle obtenait l'enivrait.

Elle achetait bien n'importe quoi de mauvais. Et l'oncle et moi, on le mangeait, car elle était fin gourmet, et, sous prétexte de je ne sais quel régime, s'achetait à elle-même une minuscule escalope, un mini-tournedos, ou une mince tranche de colin toujours de premier choix mais qui semblait coupé, tout exprès, pour le plus petit des Sept Nains.

Un après-midi que nous marchions tous deux dans le soleil, moi portant son cabas, elle s'arrêta net et se pencha pour ramasser un regliss-mint ou un caramel à demi sorti de son papier et qu'un pied maladroit avait écrasé. Elle le déplia et me l'offrit comme une friandise. Je bondis de dégoût. Elle me trouva mauvais chrétien et rangea le bonbon dans son sac pour un meilleur usage.

Le petit aimait tant le défunt!

Le grand *show* de marraine était la visite des morts. Chaque lundi, elle cochait sur le *Petit Provençal*, à la rubrique décès, les trépassés qui habitaient dans un rayon de moins d'un kilomètre de la maison et qu'on pouvait donc visiter à pieds. Sans dépenser un ticket de tram. On s'y rendait en dépit de mes protestations renouvelées.

— De voir des morts, ça lui fait du bien, prétendait-elle.

Quelle raison, ou quelle déraison, précise, la poussait? Je n'exclus pas sa sincérité. Peut-être agissait-elle pour mon propre bien. Elle me proposait une image saisissante de la vie éternelle sous forme de gisants, yeux clos, le menton maintenu par une bandelette. Un catholicisme noir. Je m'interroge encore pour savoir si ce n'était pas plutôt dérangement cérébral. Soyons clairs : elle était fêlée, mais nous devions être les deux seuls, l'oncle et moi, à en être les témoins et les victimes.

On montait chez le mort. Il y régnait une atmosphère de contrition silencieuse. On nous laissait passer sans nous interroger. Au besoin, marraine demandait où se trouvait la chambre mortuaire. Le spectacle ne variait guère : rideaux tirés, lumière basse, le malheureux ou la malheureuse, cireux, les mains jointes sur un crucifix et un chapelet, nez pincé, orbites creusées. Sur la table de nuit, un verre d'eau bénite avec une branche de buis pour l'aspersion du mort. J'avais, à force d'expérience, atteint à cet exercice, un certain niveau de perfection. Puis, dévotions faites et sur un dernier signe de croix, on décrochait...

Parfois, un curieux s'enhardissait à interroger ma tata d'une voix mouillée :

— Vous êtes de la famille du côté des Marconi ?

Elle acquiesçait d'un mouvement de tête. Ou alors, c'était moi qui intriguais les gens :

— Le petit n'a pas été trop impressionné ?

Marraine, illuminée subitement, déclarait alors avec un aplomb de nature tout à fait infernale :

— Il aimait tant le défunt !

C'est ainsi qu'entre mes douze et seize ans, j'ai béni un grand nombre de cadavres du quartier d'Endoume, à Marseille.

En chaland Bonnardel, le grand large...

J'avais dû tellement en parler à l'oncle Flandrin, qu'un beau jour, marraine m'annonça la grande nouvelle : j'allais faire la traversée aller-retour Marseille-Sète ! Sur le chaland, avec le capitaine au long cours et son bref équipage. Et avec marraine en prime. Bourrée de calmants, titubante avant même de monter à bord, Brigitte, pâle comme craie, consentait, pour une fois unique, à affronter le mal de mer. Impavide, débonnaire et martial, son époux m'avait glissé à l'oreille :

— Dans le golfe du Lion, il arrive qu'il y ait des creux terribles...

Ce qui ne m'avait qu'à moitié emballé.

Ce qu'il y a de désagréable dans les raffiots qui ne sont pas spécialement de plaisance, c'est l'odeur. Ou plutôt *les* odeurs, car elles sont nombreuses, et de leur alliage contre-nature émane une senteur composite propre à lever le cœur. Là, on distinguait, vaguement, la nausée au bord des lèvres, le goudron, l'urine et le vin rouge. Il faut dire que nous en avions les cales pleines dans des foudres de bois qui me parurent gigantesques. Le pont était immense. On y respirait l'air de la mer, un air usé comme il y a des eaux usées. Il était porteur des émanations de mazout, des effluves de saumure et du graillon de la tambouille qu'on commençait déjà à cuire en plein vent.

On, c'était l'équipage. Trois ou quatre quidams auxquels, à terre, il ne serait venu à l'idée de personne d'adresser la parole. D'ailleurs même sur le bateau, c'est-à-dire dans leur royaume, ils étaient muets comme des carpes et s'ils ouvraient la bouche, c'était pour picoler à même le goulot d'une bouteille, quitte, ensuite, l'ayant essuyée d'un revers de bras, à vous la tendre en vous offrant de les imiter :

— Voyons ! c'est un enfant ! avait protesté marraine.

Ça commençait mal. J'avais, déjà, envie de la tuer.

Le bon moment, c'est la sortie du port. Il y a un souffle d'air. Des mouettes piaillent au-dessus et autour de vous. Les mâts de charge prennent des airs de misaine ou d'artimon. On laisse derrière soi un sillage argenté, et, à la proue, pour peu que la brise y soit favorable, on peut recevoir des embruns.

De ces quelques minutes-là, je me souviendrai toujours. Et puis, l'instant majuscule, lorsque nous avons *doublé* Planier, ce phare qui, jusqu'alors, avec sa lumière en faisceau tournant, marquait pour moi les bornes du monde... Là, à présent, devant nous, c'était *la vraie* mer, immense, répétée à l'infini comme une comptine... l'allégresse !

Marraine était déjà morte. Allongée sur un transat, les bras posés sur les accoudoirs, mains pendantes, un fin linge blanc sur le visage, elle dégustait son mal de mer naissant. Oserais-je dire que je n'en étais pas attristé ? Je m'asseyais avec l'équipage autour d'une petite table bancale de bois blanc, recouverte d'une toile cirée effrangée. On servit des pâtes à la tomate. Au début, c'est charmant, la cuisine des gens de mer. Des saveurs d'ail, des relents d'huile, des richesses inopinées. A deux pas de nous, sous son linge, ma tata défaillait.

— Ne lui donnez pas de vin, trouva-t-elle encore la force de gémir.

Trop tard. On m'en avait servi et je le buvais. Jamais je ne m'étais senti homme à ce point. Ils me paraissaient soudain sympathiques, les quatre loups de mer. J'aurais dû observer l'œil bleu de mon oncle. J'y aurais sans doute lu un doute sur ma façon de m'amariner. Un quart d'heure plus tard, le ciel basculait dans un éblouissement doré. C'était littéralement, la mer mêlée au soleil, et je courus jusqu'au bastingage. Le vent m'était contraire et même l'acte le plus sommaire de l'humaine nature qui consiste à restituer sa nourriture me parut pénible à accomplir. Mes quatre ex-copains sympathiques se marraient comme des baleines. L'oncle se faisait copieusement enguirlander par marraine.

La traversée se poursuivit avec un beau calme au soir tombant. On glissait sur l'eau avec des grâces d'obèse. L'astre déclinait et, alentour, tout baignait dans le bleu limpide. Il faisait si beau que ma tata croqua un petit beurre et but une gorgée d'eau. C'est alors qu'elle s'aperçut que ses avant-bras étaient devenus deux pinces à homard.

— Un coup de soleil carabiné, diagnostiqua l'oncle Flandrin.

On administra un cachet à Brigitte. De nouveau l'odeur de mangeaille monta, et cette fois, dans le crépuscule. Je n'y résistai pas. On a faim à ces âges. J'y allais, prudemment, une bouchée après l'autre.

— Pas de vin, avait décidé le capitaine.

Ensuite on m'installa dans une chaise-longue, parallèlement à ma tante et on m'accabla jusqu'au cou de couvertures. Tant que je m'en étonnai :

— Tu verras... tout à l'heure... au milieu de la nuit...

Je ne vis rien du tout. On me réveilla vers huit heures dans la douceur estivale. C'était pour me montrer les dauphins qui dansaient derrière nous. J'eus droit à l'amorce d'un sourire de marraine dont les bras me semblèrent tardivement mais copieusement pommadés. Et, une heure plus tard, peut-être, j'assistai à un acte de piraterie tranquille qui me stupéfia et éclaira d'un jour tout neuf l'oncle Flandrin.

Ce n'était pas le capitaine au long cours que j'avais devant moi, mais *Cristobal n'a qu'un œil*, le second du corsaire Kid Jackson. Son équipage et lui ne faisaient qu'un, soudés dans la même malfaisance. D'abord, ils sont descendus dans une soute. Je les y ai suivis. Mon pied était un peu plus solide que la veille et je pouvais respirer les entrailles du chaland sans trop de malaise. A côté des foudres à vin rouge, il y avait des barriques, plus petites et dont j'appris qu'elles contenaient des vins capiteux ! Alicante, Malaga, Malvoisie, Madère, Rancio... Chaque bonde était cachetée à la cire rouge. N'importe, on la brisait, on soutirait de pleins seaux de nectar à l'entêtante odeur, et on transvasait dans des dames-jeannes, qu'ensuite, on se répartissait. La part du commandant était double. Je n'en croyais pas mes yeux. L'oncle dut s'en aviser :

— La Compagnie s'en doute tu sais, me dit-il, c'est une tradition de mer.

Ce qui me parut encore plus discutable, c'est la fin de la cérémonie. On remonta sur le pont où marraine avait maille à partir avec les mouches, visiblement friandes de son cataplasme anti-solaire. Elle protestait :

— Je croyais qu'en mer, au moins, il n'y avait pas de mouches !

— Ce sont des passagères comme toi, répliqua l'oncle qui avait pas mal goûté les vins cuits et qui était proche de l'être.

L'équipage descendit le long de la coque de grands seaux au bout d'une corde et les ramena débordant d'eau de mer. Ceci fait, on les amena dans la soute, et là, horreur ! On les versa dans les barriques. L'un des matelots crut bon de m'expliquer :

— Comme ça, à la pesée, ni vu, ni connu, je t'embrouille !

Après quoi on replaça l'énorme bouchon dans la bonde. Un artiste fit couler de la cire rouge et l'oncle sortit un cachet qui imprima sur la patte molle le tampon de la Compagnie. Je mourais littéralement de honte et je me hâtai de remonter au grand air pour m'en laver. Même ma marraine, enfin assoupie, me parut angélique. Elle, du moins, n'avait pas trempé dans l'odieux trafic auquel les hommes avaient trouvé naturel de me faire assister.

L'entrée du port...

C'est le titre d'une chanson de Pierre Mac Orlan. Je l'ignorais à l'époque et je ne connaissais pas, d'amitié certaine, l'ermite de Saint-Cyr sur Morin, l'un des très grands, qu'on va s'empresser d'oublier durant des années, durant lesquelles on chantonnera encore « La fille de Londres », et puis qu'un beau jour on redécouvrira, émerveillés. On saura alors qu'avec son béret à carreaux et à pompon et son pseudo britannique usurpé, cet Artésien, profond comme un puits, avait trouvé, avec la psychologie du décor, l'un des grands trucs du roman moderne. Bien sûr, Céline savait. Mac, lui, connaissait la musique.

J'en reviens à l'entrée du port. Ce n'était ni Colombo ni Tortuga, mais Sète, Hérault, qu'on écrivait encore *Cette*. Dès que la côte était en vue, le chaland Bonnardel, sous l'impulsion de son capitaine au long cours, prenait des allures de grand *steamer*. On virait la tante de sa chaise longue. On briquait le pont. On se rasait et on se mettait sur son plus propre. Avant même l'arrivée des deux remorqueurs, l'oncle Flandrin, visage baigné d'eau de toilette, entièrement vêtu d'alpaga clair, coiffé de sa casquette à ancre de marine et galons dorés prenait la barre et conduisait son bâtiment vers les eaux portuaires et municipales. On y allait même de quelques coups de sirène, manière de rappeler qu'on en avait une. C'était superbe.

En un tournemain, j'en oubliai les turpitudes que la traversée m'avait appris. Je me sentais, par la voie avenculaire, quelque peu responsable du navire. Nous entrions à Cette en majesté. J'imagine que ma *tata*, réfugiée dans la cabine, vomissait, tristement, toutes les nourritures qu'elle s'était bien gardée de prendre. L'important, à mes yeux, était qu'elle ne soit pas là pour gâcher la fête. Quand le commandant, d'un clin d'œil complice ou d'un frémissement de moustaches, m'indiquait que j'étais presque son second, la fierté s'emparait de moi et je commettais, de nouveau, comme à l'instant de pénétrer pour ma première communion, à Saint-Jean-Baptiste de Neuilly, le pêché d'orgueil.

On entrait, guidés par les remoqueurs. On passait le long des quais, et il fallait plus d'une heure avant de se retrouver, coque contre coque, auprès d'un chaland frère, appartenant à la même Compagnie et qui ne se différenciait du nôtre que par son numéro. On jetait l'ancre, on lançait les amarres, et sous l'étouffant soleil de Méditerranée, on redevenait des terriens. L'oncle allait remplir les formalités, la tante faisait surface. Du moment qu'on n'était plus sur mer, sa domination reprenait.

— Viens, on va faire les courses !

Je savais très bien ce que cela signifiait, et, d'avance, j'en avais honte pour elle. Comment pouvait-elle, femme de capitaine au long cours, marchander de la sorte la moindre victuaille ? L'équipage lui-même l'évitait. Je comprenais qu'on plaignait le commandant et qu'au fond, on s'expliquait mal son comportement. Qu'attendait-il pour la flanquer, une bonne fois, à la baille, et, à peine remontée, et sans attendre qu'elle soit essorée, lui flanquer une bonne raclée ? Pour un honnête matelot, cela paraissait aller de soi.

L'oncle Flandrin devait avoir, de longtemps, doublé le cap de sa mauvaise espérance. Il n'attendait plus rien de bon. Ses soucis tenaient à son périmètre de liberté. A bord, si l'on excepte la traversée inopinée qu'il devait à ma présence, sa femme ne l'importunait jamais. A terre, il se trouvait de bonnes raisons d'être le plus souvent dehors, réclamé, affirmait-il, par une Compagnie qui semblait avoir le plus grand mal à se passer de lui. Enfin, à Endoume, il avait ses vins — que je savais, à présent, de contrebande — et son mouvement des navires sur le journal qui l'isolaient, les uns et les autres, de la dure réalité conjugale. Je vais plus loin. L'oncle était un sage. Par résignation, sans doute, mais le résultat est le même. Il devait considérer Brigitte comme un cataclysme nécessaire. Si elle l'avait privé des aventures hauturières, ce n'était peut-être pas pour seule cause de mal au cœur. C'était qu'elle devait avoir deviné ses faiblesses. Sans elle, n'aurait-il pas sombré dans l'absinthe et les petites négresses qui sont les tentations naturelles du navigant ? Sans oublier le jeu et la fraude douanière sur laquelle marraine, moins sotte qu'il y paraît, avait dû choisir de fermer les yeux. Tous les autres vices, Flandrin en aurait profité seul. Le Malaga et la Malvoisie venaient tout de même jusqu'à la maison étagée sur les jardins verts de Marseille.

De cet unique voyage à Cette, je rentrais différent. Je ne voyais plus le grand large et ma proche famille du même œil. Peut-être était-ce la preuve que mon adolescence allait prendre fin ?

Les derniers jeux de la rue du Louvre...

Beaucoup de choses à Paris avaient changé. Le temps était loin où mes deux sœurs et moi, du haut du balcon, jouions aux bombes à eau. Dommage, c'était un plaisir délicieux. On le pratiquait aux beaux jours. Il exigeait un minimum de matériel : des sachets de papier et un broc d'eau que l'on renouvelait au robinet de la salle-de-bains voisine.

On s'installait tous les trois sur le balcon et on prenait soin de laisser grandes ouvertes les portes qui y donnaient. Le jeu consistait à préparer chacun une bombe et à attirer l'attention d'un passant par un *psitt!* ou un *hé! là-bas!* l'incitant à lever les yeux. Aussitôt, il fallait se rejeter en arrière pour ne pas être vu. J'oubliais de dire que, dans la fraction de seconde qui précédait cette manœuvre, il fallait avoir lâché la bombe à l'exacte verticale de l'endroit où le promeneur, intrigué, s'arrêtait et regardait au-dessus de lui. La perfection était atteinte lorsqu'il prenait le petit projectile en plein visage et qu'il explosait sur son nez. Mis à part l'émotion et l'éclaboussage, la distraction était inoffensive. Parfois, un passant que nous avions manqué s'attardait un peu pour assister aux malheurs d'un autre qui arrivait. D'en bas, il lui arrivait de nous faire des signes pour nous aider à réussir notre coup. Au charme du bombardement s'ajoutait la peur existante des représailles. Il suffisait d'un seul mécontent, plus résolu que les autres et qui grimpe les trois étages, pour que, même calfeutrés dans l'appartement fermé à clef, nous n'en menions pas large. En bas, sur le trottoir, les bombes éclatées se signalaient par une étoile d'eau qui aurait dû attirer l'attention des promeneurs. Nous ne fûmes jamais inquiétés.

Nous grandissions.

Pire, nous avions grandi. Mes sœurs étaient devenues des demoiselles dont les parents étaient fiers. Ai-je raconté, déjà, l'histoire de l'expéditeur des Pyrénées-Orientales qui eut droit à l'apparition, certes fugitive, de Jo entièrement nue ? Il était là, sirotant dans la salle à manger, avec mon père, le vin doux qu'il avait apporté de Thuir ou de Rivesaltes lorsque la plus jeune de mes sœurs, en retard pour le déjeuner, voulut traverser la pièce en courant, afin de gagner le fameux petit cagibi qui leur servait de cabinet de toilette. Son pied glissa et elle tomba en arrière. Sous l'effet de la chute, son peignoir s'ouvrit et, glissant sur le parquet ciré, elle parcourut les quelques mètres, suivie en quelque sorte par son vêtement en tissu éponge et pénétra ainsi, telle un obus, dans l'abri dont Lili referma la porte derrière elle. Le Catalan faillit en lâcher son verre. Après quoi, on eut le plus grand mal à décider les deux filles à sortir de leur trou pour passer à table.

Moi aussi j'avais changé. Je restais fidèle à mes sorties avec Jacques et à nos jeux d'enfance dans l'arrière-boutique. On avait inventé des jeux qu'on pratiquait sur la table aux fèves tropicales comme s'il se fut agi de sacerdoces. Du football pratiqué avec des pions de damiers, peints aux couleurs d'équipes célèbres, avec numéro et nom du joueur. Du cyclisme sur une piste de notre composition, les coureurs étant représentés par des maillots en carton, également colorés avec des dossards numérotés. On courait l'étape du Tour de France véritable, chaque jour, avec les mêmes participants que sur la route, on établissait des classements qu'on comparait aux vrais et nous avions, chacun, notre écurie de routiers.

Mais, déjà, à l'imitation de d'Artagnan, qui avait connu sa première aventure féminine quelque part en Belgique, avec une douce cousine à lui, les jeunes amies de mes sœurs et, plus généralement, les demoiselles de la bande, me dérangeaient l'esprit — ou le cœur. Je m'habillais chez un tailleur un peu fantoche nommé Fashionnable, je portais d'épaisses semelles de crêpe et des soquettes blanches et j'accompagnais Jo et Lili dans leurs sorties dominicales.

La bande !

C'était le mot à la mode.

On sortait en bande, on allait retrouver la bande, on acceptait ou non quelqu'un dans la bande. Notre vie, ou du moins nos loisirs dépendaient entièrement de la bande. Elle se composait d'une dizaine de garçons et filles dont les âges s'étageaient entre quinze et vingt ans. On se voyait pratiquement chaque dimanche, et, le soir venu, on convenait du programme de la prochaine sortie. Les lieux de nos rendez-vous se situaient du Pam-Pam des Champs-Élysées à la patinoire (Molitor ou Palais des glaces), et le grand été venu, à Ris Orangis où nous pratiquions les randonnées en canadienne et les ballades à vélo. Univers de jeunes gens de bonne famille, disposant, chacun, d'un sage argent de poche et qui, comme inconsciemment, s'apprenaient l'un à l'autre l'approche des émotions, des sentiments et des plaisirs. Nous étions, du moins pour les plus jeunes, immensément chastes même si nos imaginations déliraient. Le beau parler des doigts entremêlés, le frôlement hasardeux et fugitif de lèvres tièdes soulignaient nos audaces familières. Temps des serments, des mots pliés en quatre que l'on se passe, des rendez-vous téléphoniques, des surnoms qu'on se donne, dans le vertige des jus de fruits à la mode et des premiers cocktails.

De l'enfance châteaurenardaise, il ne restait pour ainsi dire rien à ce moment exact de la vie où on croit se choisir des amis et des petites amies pour longtemps. Aucune fidélité ne résiste à la bande. On se doit de n'appartenir qu'à elle. Et l'existence, soudain, vous paraît à la fois plus assurée et plus engagée. On s'éloigne d'une famille dont on ressent plus la contrainte que la protection. On se met à juger les adultes et à se promettre que, lorsqu'on aura des enfants, on ne les élèvera pas comme nous-mêmes l'avons été. On se fait les dents et les doigts. De temps en temps encore, une courte lettre de Jo, avec des mots de fièvre douce, venait me crisper le cœur. Mais les arbres de la forêt de Sénart reverdie, les berges de la Seine, les terrasses des cafés, les cinémas où l'on se tient la main étaient là, bien présents eux, et qui appelaient aux jeux de la bande. Ils étaient plus forts que les souvenirs.

Période ambiguë, intermédiaire, dominée par la complicité relative, les maîtres-mots comme il y a des maîtres-nageurs, et la soumission à une collectivité nouvelle qu'on prend, de bonne foi, pour l'affirmation d'une liberté toute neuve. Quand on y entre, les vertes années sont mortes.

Et puis le monde tournait si vite. Le baccalauréat, la première inscription à la Sorbonne, ce baiser reçu, la nuit, sur le chemin de halage et qui, cette fois, s'attardait longtemps sur les lèvres, le frisson incompréhensible, et comme déjà reconnu, du désir, le trouble, enfin, de vivre...

Et, déjà, dans l'été triomphant, près du lac du Bois de Boulogne, revenant d'une partie de canotage, c'était le bruit de la guerre...

Je le reçus comme une délivrance. Enfin, nous allions savoir vraiment qui nous étions. Je n'avais au cœur nulle haine, mais, pour mes dix-sept ans, je m'engageai dans l'aviation... Mon adolescence s'arrêtait net avant que d'avoir commencé.

O ! Saisons ! O Châteaux !

Souvent, je suis retourné à Châteaurenard. C'est vrai qu'au village d'enfance devenu, un temps, village de vacances, on a un peu tendance à porter son âme en bandoulière. Je le traverse en voiture comme un rôdeur qui aurait peur d'éveiller des souvenirs. Il m'arrive, parfois, de ne pas résister à la tentation. Je m'arrête. Je descends. Je marche sur le Cours, j'entre dans un café...

De préférence, j'y vais au matin quand sèche, sur les terrasses, l'eau qu'on a répandue à pleins seaux pour lessiver le trottoir. L'air sent cette eau, qui commence à croupir et l'odeur âpre du platane vert. Le patron du bistrot arbore un pull tricoté main de cette couleur indéfinissable que choisissent d'ordinaire les femmes industrieuses dont les hommes font des travaux salissants.

A une vieille table de marbre et de fer forgé, quelqu'un lit le *Provençal,* un verre posé devant lui. Il m'ignore. Il fait beau. Je suis bien.

Rien n'a changé. Ou bien ai-je tant changé moi-même que je ne mesure pas l'évolution du décor ? Nous attrapons les maladies de notre époque comme les troncs blancs des arbres du Cours succombent sous les affiches des corridas, parfois remplacées par des spectacles de strip-tease, ou des « aïolis monstres ». Mon village et moi sommes, tous deux, de notre temps dont nous avons adopté, par choix ou par paresse, les laideurs et les conforts d'Art ménager. N'importe. Nous avons vieilli ensemble.

A la réflexion, il me semble bien que les bourgs de ma Provence intérieure se distinguent des autres par l'esplanade de pétanque, par les placards donnant les résultats de rugby, les pancartes pour le loto (le vrai, celui qu'on joue avec des cartons et des haricots), les chromos tauromachiques et les vitrines d'armuriers. Rien d'étonnant à ce que Tartarin ait vu le jour par ici.

Au passage, des lieux me font signe. Le Réal avec son murmure de clair ruisseau, la petite boutique d'angle de la route de Noves où on courait acheter des friandises, le mur oblique des allées avec sa fontaine, les arènes, couleur sang séché et ciment, le château qui m'impressionnait tant et qui est devenu clinique... Des souvenirs aussi m'assaillent ou, plutôt, m'abordent, m'empoignent par le bras et me font un bout de conduite. Je revois l'enterrement de mon père. Il s'est déroulé là, à l'église en forme de temple avec ses grands escaliers blancs. La chaleur était intense et le cours encombré de voyages de tomates. J'ai encore l'image du crapaud translucide qui était grimpé sur le drap du cercueil et dont le petit ventre respirait juste au-dessus de la boîte où papa ne le pouvait plus. Ce sont mes trois neveux et moi qui avons sorti le cercueil sur le porche ensoleillé. La tradition le veut ainsi. Le crapaud avait disparu.

Les convois funèbres, chez moi, sont procession d'hommes. Les femmes n'y prennent point part. En tête marche l'enfant de chœur, en aube, sa clochette à la main. Près de lui, l'aveugle avec sa canne blanche. Puis le corbillard, avec nous autres, les mâles, derrière. La clochette tinte aux doigts du jeune officiant, et, comme par magie ou maléfice, tel l'aveugle, le village cesse de nous voir. Celui-ci qui prenait le frais à sa fenêtre claque les volets. Cet autre, qui descendait la rue à vélo, saute en voltige, jette sa bicyclette au sol et tourne son visage contre le mur, comme pour une fouille. La femme qui rentrait avec son cabas plein, esquisse un signe de croix et se réfugie dans un couloir. Même le camion de livraison s'immobilise avec un grand bruit hydraulique et les deux routiers, dans la cabine, détournent la tête. La tradition commande que l'on ne trouble point, fut-ce par une compassion attristée, le chagrin de ceux qui montent la côte pour conduire l'un des leurs dans la terre. C'est affaire de décence.

Parvenu ainsi au cimetière, le convoi s'immobilise. Ce sont mes trois neveux et moi qui descendons le cercueil. Les croquemorts nous guident mais ne s'en mêlent pas. Le cadavre est nôtre. On le sent balloter, amaigri, entre les quatre planches. C'est mon père qui est là. A présent, je le sens bien, je le *sais* bien. Je voudrais tout faire pour éviter qu'il cogne contre les parois.

Devant la fosse, on nous tend les cordes. Cela

aussi nous revient. De descendre le mort au fond du tombeau où les auxiliaires vêtus de noir le reçoivent et se contentent de bien le caler à sa place définitive. Ça y est. C'est fait. Le prêtre donne l'absoute. On lève les yeux. Soleil éblouissant. Alentour, plus personne. Seul, le curé et mes trois neveux. Nous saluons d'une inclinaison de tête et nous sortons. Nous sommes le clan décapité.

L'autre fois, ç'a été ma mère. Elle avait pris la précaution, vivante, de nous offrir une belle nécropole. Elle l'a étrennée. Papa, qui était mort alors que le tombeau était inachevé, reposait, non loin de là, chez des parents qui l'avaient abrité parmi leurs morts. Je savais par l'une des bonnes-sœurs de Saint-Rémy à qui elle l'avait confié, que maman appréhendait sa première nuit de cadavre, sans la présence de mon père à ses côtés. Lorsque le déjeuner de deuil, plutôt gai et bête comme les réunions de familles occasionnelles, eut pris fin, je me rendis au cimetière. Dehors, c'était la fête votive et les pétards claquaient un peu partout. Je suis entré dans le grand champ semé de croix. L'homme m'attendait. Tout de suite je le vis. Mon père sur la brouette. En pleine colère de l'été. Sous son cercueil pourri et démantibulé. Il paraît, aux dires du gardien, que nous commettions une illégalité dont il me laissait l'entière responsabilité. Je m'en foutais bien. Normalement, ce que nous étions en train de faire aurait exigé une autorisation administrative, la présence d'un officier de l'État-Civil et la reconnaissance du cadavre. Nous étions jour férié, et c'est le soir de ce jour-là que maman avait peur d'être seule.

L'homme m'a indiqué la petite boîte :

— Si vous ne le craignez pas...

On l'a empoignée, lui devant, moi derrière, et on l'a portée devant notre nécropole neuve où on avait descendu ma mère le matin. Et, à nous deux, on a installé papa auprès d'elle. Les pétards continuaient, férocement, à éclater dans le village. On entendait des cris, des rires et des sarabandes. C'était charmant, en fin de compte, ça tombait bien puisqu'ils étaient, et pour longtemps, ensemble.

Carfo, le chien, grogne dans son sommeil, lève un œil et la moitié d'une oreille. Jamais le ciel n'a été aussi bleu.

Il se rendort, apaisé.

Et, dans Châteaurenard, toutes choses se mettent en ordre. Les Révolutionnaires de Marseille, le 6 avril 1792, ne rencontrent pas la méchante troupe d'Aubagne et ils ne mettent pas en commun leur noirceur pour piller et détruire le château. Il est intact avec ses quatre tours blanches. Comme ceux de Beaucaire ou de Tarascon. N'empêche. On n'a toujours pas retrouvé le souterrain qui conduit, par-dessous la Durance, jusqu'au château des Papes d'Avignon. Quelque jour, si vous n'avez peur ni des fantômes ni des chauves-souris, ni, surtout, des souvenirs, je vous y conduirai.

Savez-vous qui habite le château ? C'est *Nerto*, cette fille en poésie que Mistral a inventée au baron de Châteaurenard. En bas, à l'ombre des tours et de la vierge dorée, le village a conservé toutes ses connivences et se montre indifférent aux anachronismes. Les villageois de 1320, leur jeune baile en tête, viennent à la rencontre de Mathieu le gros, le lieutenant du Maître de Hongrie. Ils se rencontrent chemin d'Eyragues, à ce coude de la route bordée de pins maritimes et d'où on croirait entendre la mer !

— Vois les champs autour de toi, lui disent-ils. Nous faisons jusqu'à trois récoltes l'an. Il n'y a point de saison pour l'usure quand la terre est bonne et les paysans laborieux... Par ce chemin-là, au milieu des jardins, on se rend directement à La Crau, nous vous y menons. Vous y êtes attendus. On y fera la fête. Elle distrait de bien des nécessités de la tuerie. Y va-t-on ?

Mon oncle, Antoine Ginoux, s'avance gaiement sur le pont du Gard. Il a en tête les deux vers, superbes, de Théodore Aubanel dédiés à Zani la brune :

« Puis j'ai couru comme un déconsolé
Et, par son nom, tout le jour, l'ai criée. »
Miracle ! Son pied, tout occupé qu'il est de célébration félibréenne, fait comme celui d'un poème exact : il se met à sa juste place. Il évite la pierre branlante qui l'aurait conduit à perdre l'équilibre et il traverse le pont. Arrivé sur la bonne rive, celle de Pujaut et de Tavel, à trois lieues à peine de Châteaurenard, il s'y rend, à pied, marchant à l'ombre des grands cyprès. Et il y fonde l'*Escolo di Tourre,* une *escolo felibrenco.* Elle y est toujours. Elle remonte à 1922, on est nés ensemble, elle et moi.

A la terrasse du Café de Paris, tout le monde est réuni. Maman est debout, en Arlésienne, avec son visage ovale et ses cheveux fins trop blonds. Papa a ressorti son beau costume de hussard à brandebourgs. Il est occupé à raconter des histoires. De la route de Noves, je vois arriver Jeanne Barroyer.

— Nane, réveille-moi !

Elle est accompagnée de l'emballeuse, son aiguille au cul avec sa corde qui se déroule.

Zézette joue à la fontaine des Allées tandis que Jojo, assise par terre, lit sagement ses leçons.

Débouchant de la rue du Dr Mascle, voici Adam, le commis de mon père. Sa hache enfoncée dans la tête et qui ne paraît pas l'incommoder, il salue avec un sourire mon cousin Raoul, toujours aussi gandin, bas des pantalons retroussés, et qui, bizarrement, pousse une brouette.

De la rue Vincent-Scotto voilà Lolotte, en papillon avec ses élytres. Edmond l'accompagne en jouant d'un banjo fabriqué tant bien que mal avec une boîte de cigares vides.

Que se passe-t-il donc aujourd'hui ? Tante Claire et Marguerite, inséparables, ont installé leur lanterne magique sur une table de café et montrent aux clients que ça intéresse la *Corrida à Nîmes* et la *Vie exemplaire de Bernadette Soubirous*. Ma grand-mère paternelle leur casse leur coup en racontant que le cinéma est bien meilleur à Puteaux, de l'autre côté du pont, parce qu'on y passe des films à épisodes...

De la route d'Eyragues vient un appel de sirène. C'est le *Bonardel IV*, commandant Flandrin, qui s'est embossé dans les oliveraies. On sert du Malaga et du Rancio sur des tonnelles improvisées. Marraine, par peur des coups de soleil, est restée allongée, un voile blanc sur le visage, dans sa cabine. A bord, ma grand-mère de Marseille. Et ma tante Marie. Et ma tante Raymonde. Elle sourit à la vie de toutes ses lèvres. Et Jo, en robe mauve pâle et qui n'a plus d'adieu dans le regard. Pourquoi faut-il que de petits imbéciles, du haut des balcons du Cours, lancent sur les gens assis à la terrasse du Café de Paris d'inoffensives mais agaçantes bombes à eau ? Qu'importe : il fait grand soleil, ici, et il ne tardera pas à boire les flaques.

C'est ce que je me dis en décidant, brusquement, de siffler Carfo qui me suit sans trop y croire, se retournant souvent pour voir s'il n'a pas eu tort de m'emboîter le pas... Nous grimpons le chemin des Tours... nous franchissons le reste de poterne... nous approchons du château-fort... l'air est habité par l'obsédant crissement des cigales... Personne...

Si.

J'étais sûr de le trouver là, m'attendant. Il est assis, de dos, sur une pierre blanche. En m'entendant venir, il s'est retourné ; il a ôté son canotier et s'en évente car la montée a dû être rude sous le grand soleil.

Dieu que ses cheveux et ses moustaches sont de neige !

Je lui souris. C'est tout juste si l'on entend encore, d'en bas, les bruits du village qui ne parle plus qu'avec des fumées.

— C'est moi, grand-père.

Dans la même collection :

Déjà parus :
Clément Lepidis
Des Dimanches à Belleville

Jean-Jacques Brochier
Une enfance lyonnaise au temps du Maréchal

A paraître :
Jean Egen
Le Hans du Florival
Nouveaux mémoires d'Alsace

*« Châteaurenard
mon soleil »,
a été achevé d'imprimer
en mai 1984 sur les presses
de l'imprimerie Mame à Tours
pour les éditions ACE à Paris.
N° éditeur : 0018
N° impression : 10420
Dépôt légal : mai 1984
Printed in France.*